LA PLUS QUE LENTE

du même auteur
chez Christian Bourgois éditeur

UN EMPÊCHEMENT

JÉRÔME AUMONT

LA PLUS QUE LENTE

CHRISTIAN BOURGOIS ÉDITEUR

ISBN 978-2-267-05414-9

« J'étais là par hasard, si l'on veut bien appeler hasard l'orientation que prennent parfois nos vies quand elles nous échappent […] ».

CHRISTIAN OSTER, *L'imprévu*
Les Éditions de Minuit (2005)

1978

Nicolas a douze ans et ne voit aucune raison pour que cela change. Il n'y aura pas d'autre enfant après lui. Être fils unique n'est pour lui ni une souffrance ni une promesse de privilèges. C'est un état qui lui a été imposé, avec lequel il compose. L'exemple de ses cousins lui a tôt fait entrevoir les contraintes afférentes à la fratrie, le partage forcé de tout et de son contraire, les fessées qui dérapent, l'obsession maladive d'équité. Lui peut à loisir disposer de l'espace disponible entre son père, Thierry, et sa mère, Évelyne, lorsqu'ils prennent place dans le canapé le samedi soir pour regarder un film à la télé. Sa mère a toujours plus ou moins les yeux dans le vague, comme si sa vie à elle n'était pas tout à fait là. Il ne devient pas ingérable lorsque vient l'heure d'aller dormir. Seule sa mère dépose un baiser sur son front tiède, son père déjà somnole ou fume une cigarette dans le jardin.

L'ennui est le quatrième membre de cette famille qui s'en accommode d'autant mieux qu'elle ne voit pas en quoi la vie des voisins serait plus enviable que la sienne. À peine Nicolas leur envie-t-il leur chien – un cocker –, on a pourtant tout fait pour le persuader que celui-ci n'était en rien le meilleur ami de l'homme mais plus volontiers son parasite servile. À peine sa mère leur envie-t-elle leur break de marque allemande. Plus pratique pour les courses. À peine son père leur jalouse-t-il leur portail flambant neuf, le premier motorisé du village. Même s'il y voit surtout la preuve qu'on se créé davantage de besoins que l'on a d'envies.

Nicolas passe ses mercredis après-midi avec Marc, le fils des voisins, près du cours d'eau qui délimite leurs jardins respectifs. Un léger dénivelé les y soustrait à la surveillance maternelle, obligeant leurs mères à pointer le bout de leur nez chacune leur tour, comme si elles avaient mis en place un obscur système de ronde. Leurs apparitions empruntées leur donnent des airs de maraudeuses, toujours à proposer un verre de quelque chose ou un paquet de biscuits. L'une et l'autre s'inquiètent surtout de savoir leurs fils si proches de cette rivière dont émergent ici ou là de grosses pierres glissantes sur lesquelles ils auraient tôt fait de se fracasser le crâne comme une coquille d'œuf. Elles préfèrent ne pas y penser, mais le moindre silence prolongé les fait rappliquer à la vitesse de l'eau sur la toile cirée.

Marc a un an de plus que Nicolas mais s'en prévaut rarement. Les choses seraient peut-être différentes s'ils étaient dans le même collège. Mais ses parents l'ont mis dans le privé. Un peu par conviction religieuse. Surtout parce qu'ils peuvent se le permettre, d'après la mère de Nicolas.

L'amitié qui unit les deux voisines s'accommode de menues jalousies (le physique du père de Nicolas, la situation de celui de Marc), quand les deux hommes ne parviennent qu'à se saluer du bout des lèvres, chacun derrière sa haie. Pas de soirée chez les uns ou les autres pour regarder une finale de Coupe du monde ou marquer l'arrivée des beaux jours, pas de partie de tennis en double le samedi après-midi. Il y a bien eu une ou deux tentatives (un barbecue d'un côté, un apéritif de l'autre), mais elles ne sont parvenues qu'à creuser le fossé que matérialise la haie vive. De la façon de faire rougir les braises au dosage du Martini, il y a mille manières d'orchestrer le dédain et mettre l'envie en scène. Il suffit de venir d'Alsace, avoir le verbe un peu trop guttural et porter un prénom à consonance germanique pour être regardée de travers à l'épicerie du village. Jardiner en sabots et tablier, laisser sourdre quelques notes de Beethoven par la fenêtre du salon ou préparer une citronnade « maison » au moindre rayon de soleil renforçant l'impression qu'on se la raconte un peu. Ces manières de parvenus ne vous valent que regards en biais à la descente du car de ramassage scolaire où Doris, la mère de Marc, se rend au volant de sa Mini, son cocker sur la banquette arrière. Souvent elle invite Nicolas à se glisser sur le siège passager à côté de Marc. On ne met pas encore de ceinture de sécurité. Les garçons se serrent et leurs genoux se frôlent sans que l'un ou l'autre n'en ressente de la gêne. Elle les enveloppe alors d'un *Bonsoir mes garçons* et jamais Nicolas ne touche d'aussi près le sentiment d'appartenir à quelque chose. Une famille. Un futur.

Parfois ils préfèrent rentrer à pied et Marc renvoie sa mère à son jardinage sur un ton que Nicolas ne s'est autorisé qu'une fois avec la sienne. Son père avait alors fait irruption dans sa chambre à son retour du travail, sourcils froncés et main levée. Les marches de l'escalier tremblèrent longtemps de son pas menaçant. Nicolas avait dû présenter des excuses, tête baissée et bras croisés dans le dos, laver la vaisselle tous les soirs de la semaine, et n'avait pas eu la permission de rejoindre son ami au fond du jardin le mercredi suivant. Si elle jugea la sanction disproportionnée, Évelyne se garda bien de s'en ouvrir à l'un ou à l'autre. Son vernis à ongles dura plus longtemps que d'habitude, mais elle vit une lueur nouvelle éclairer le regard de son fils. Elle ne sut pas tout de suite s'il s'agissait d'un défi éteint dans l'œuf ou de la promesse qu'un jour il lui ferait payer cette première trahison. Lui non plus n'a pas bien compris si, ce jour-là, sa mère le poussait un peu vivement dans le pédiluve ou l'immergeait sans ménagement dans le grand bassin, sans brassard, tête la première. Il lui pardonnera peut-être un jour sa duplicité. L'enfant qu'il est encore a simplement compris qu'il lui faudrait grandir avec discrétion et un sens aiguisé de la dissimulation.

Le mercredi suivant, il quitte la table du déjeuner à peine son dessert avalé, profitant de ce que sa mère est au téléphone ou aux toilettes. À elle la corvée de vaisselle. Marc est déjà là, assis face à la rivière. Il imagine son regard. Il a envie de le serrer dans ses bras comme parfois il voit leurs mères s'enlacer, le visage rougi par leurs conversations d'adultes. Marc lui demande pourquoi il n'est pas venu la semaine dernière. Nicolas lève les yeux au ciel et marmonne un *ma mère...* qui vaut tous les mots d'absence. Sans se concerter, ils enjambent les pierres glissantes et franchissent la rivière. Il est tôt, leurs mères vident encore leur mazagran de café brûlant. Elles ne viendront pas faire peser leur peur de noyades sur leurs épaules avant une heure ou deux. Ils partent à travers champs, une branche à la main pour coucher les hautes herbes sur leur passage. La parcelle est pentue. Marc prend de l'avance mais se retourne par intermittence. Alors, tu viens ? Nicolas suit comme il peut, inquiet de croiser une couleuvre, une ronce, ou songeant déjà à son père qui, cette fois, risque bien d'imprimer sa main sur sa joue ou sa cuisse. Tu étais où ? Ta mère s'est fait un sang d'encre ! Mais ça en vaut la peine. La nuque de Marc rougit sous les rayons du soleil. Il marche d'un pas assuré. Sait où il va. Sait où ils vont. Et Nicolas comprend qu'il suivrait n'importe où ce garçon qui le couvre de son regard dense. Le vieux bâtiment au toit de tôle approche. C'est la première fois qu'ils s'aventurent aussi loin. Marc enjambe l'escalier extérieur, dont les marches disparaissent sous un tapis de foin qui libère une odeur âcre sous ses pas. Longtemps Nicolas assimilera ce parfum au désir même. Cette chose alors inconnue de lui. Marc trébuche sur une balle de foin. Se laisse tomber en arrière et éclate de rire. Seule la fenière laisse passer un rai de lumière où dansent des millions de particules de poussière. Viens ! Nicolas s'assoit timidement. Plus près ! La main de Marc attrape son épaule, son cou, son bras. Les voilà allongés à quelques centimètres l'un de l'autre. Le silence se pose sur leurs lèvres. Leurs paumes, leurs coudes, leurs tailles s'effleurent. Il n'y a pas d'air. La poussière envahit le peu d'espace disponible entre les bottes de foin et le toit de la charpente. Le soleil chauffe à blanc la tôle ondulée, tout se démultiplie, la touffeur, les fines gouttelettes de sueur, les pulsations. Nicolas a du mal à respirer.

L'obscurité l'angoisse. La claustration l'opresse. Mais son corps refuse de bouger. Seul son ventre se soulève. La main de Marc ne cille pas. Elle affirme sa place. Rien ne la délogera. Sauf si Nicolas décide de se lever. S'en aller. Nos mères vont s'inquiéter, non ? Marc ferme les yeux. Cela dure cinq minutes, une heure, une éternité. Il ne reste bientôt plus que l'empreinte de leurs corps sur le lit de fortune. Marc redescend le premier. Tend une main à Nicolas pour l'aider à enjamber la dernière marche, plus fatiguée que les autres. Ils reprennent le cours de cette journée devenue méconnaissable. Une fois couché, Nicolas n'attendra pas le baiser de sa mère sur son front. Mais que le sommeil ramène la main de Marc au creux de la sienne.

C'est le mois de mai. Nicolas est en classe de sixième au collège Louis-Pergaud à Dozulé. C'est un bon élève, même s'il peine un peu en cours de mathématiques. On lui reproche son manque de logique. Sa mère dit que son fils est un artiste. On ne peut pas être bon partout. Il nourrit une passion pour les cours d'anglais de Mlle Prieur. Agace la moitié de ses camarades avec son bras levé en permanence, prêt à articuler le moindre *Brian is*. Soulage l'autre moitié, dont le regard cherche refuge dans la muette contemplation de leurs pupitres avec des airs d'égyptologues déchiffrant des hiéroglyphes. Mlle Prieur a une trentaine d'années, est à peine plus grande que ses redoublants. On la trouve un peu masculine, avec son *jeans* de mécanicien et ses cheveux à la brosse. Rien ne semble l'atteindre ou la déstabiliser. Elle en a vu d'autres. Son aplomb protège Nicolas d'interrogations qui ne sont pas de son âge, quand certains mots déferlent du dernier rang et qu'il sent son visage s'embraser. *In English please !* Des rires étouffés pour seule réponse. C'est bien ce que je pensais, alors *repeat after me* ! Interrogation jeudi prochain.

Son autre refuge, ce sont les cours d'arts plastiques de M. Soisson. Son chef-d'œuvre (un petit bloc d'argile façonné à l'ébauchoir jusqu'à lui donner la forme approximative d'un cocker) trône sur l'étagère en fer accueillant les plus beaux travaux de la classe, les pots de gouache, les feuilles Canson, les sacs de terre crue. Il espère le récupérer à la fin de l'année scolaire pour le montrer à sa mère et l'offrir à Doris. Mais n'ose pas en parler au professeur, qui s'est pris d'affection pour la figurine. Il pressent qu'il n'y a rien de bon à se faire remarquer. Les louanges ne font souvent que précéder la disgrâce.

Depuis le décès de son grand-père paternel, il dort un mardi soir sur deux chez sa grand-mère, à quelques arrêts de bus de la maison de ses parents. On y dîne tôt, la télé en sourdine, à la lueur d'un monte-et-baisse où de grosses mouches s'empêtrent dans les graisses de cuisson qui se sont installées là. La toile cirée – cloutée en périphérie sur de fins tasseaux de bois – s'anime d'une fresque à base de moulins et de grains de café donnant un air de petit déjeuner à chaque repas. Elle lui demande parfois de couper du bois pour alimenter le fourneau, où un fond de plat est toujours plus ou moins en train de mijoter, mais la manipulation de la hache suppose une dextérité qu'il n'a pas encore. N'aura peut-être jamais. Son cousin Antoine, qui assure la permanence le deuxième et le quatrième mardi du mois, montre davantage de prédispositions pour cet exercice. Il a quinze ans, des bras deux fois plus gros que les siens. Ses hormones se sont emparées des draps où leurs corps se succèdent d'une semaine à l'autre. Leur grand-mère néglige souvent de les laver. Nicolas s'y endort entre désir et dégoût.

Aux beaux jours, sa grand-mère l'autorise à aller jouer avec ses cousins après le dîner (elle dit *souper* et ça l'agace). Il doit être rentré pour neuf heures. Mais comme elle s'endort devant la télé, il déborde un peu. Les occupations principales consistent bien souvent à démembrer des tritons dans le lavoir, produire le rot le plus bruyant, faire du vélo sur la roue arrière ou, pour ses cousins les plus âgés, rouler des mécaniques devant les filles du village qui ne rêvent que d'en partir et les regardent déjà comme de lointains souvenirs d'enfance. Son cousin Antoine manque rarement une occasion de montrer son torse et ses abdominaux, ses cuisses sculptées par des kilomètres de bicyclette à tombeau ouvert. Nicolas détourne le regard, les filles émettent des cris trop aigus pour être honnêtes. La soirée se passe. Des cigarettes s'allument dans la pénombre. Circulent de pleins sacs de bonbons qui font la langue bleue ou verte. Nicolas rentre nauséeux mais heureux. Hormis la bande des cousins, il n'a pas d'autre ami que Marc. Il pense à lui quand un couple se forme, s'embrasse ou disparaît dans l'obscurité. Il voudrait qu'il soit là. Pressent que la nuit serait leur alliée. Mais les cousins se moqueraient d'eux, les appelleraient les amoureux. Pis, Marc se rapprocherait de ces garçons plus âgés, de ces hommes en devenir. Et Nicolas ne le supporterait pas. Aurait le sentiment d'avoir déjà tout perdu. Cela arrivera assez vite comme ça. Demain c'est mercredi. La rivière. La grange peut-être. Et Marc.

Sa grand-mère ne conduit pas. C'est sa mère qui vient le chercher en fin de matinée, l'air toujours un peu fatigué. Il s'est levé de bonne heure pour faire ses devoirs et les lui récitera en fin de journée. Elle lui rappellera comme elle est fière de la manière dont il travaille à l'école. Son avenir se joue maintenant. Son père regrette de l'avoir compris trop tard. Il n'a pas l'âge d'entendre ces épanchements. Les reproches à peine tus. La frustration des vacances toujours les mêmes, au camping, la chaleur de la caravane de location, son odeur rance, les cris d'enfants qui vous réveillent au milieu de la nuit, puis le silence épais. Comme après un meurtre. Impossible de se rendormir. Il n'a pas envie d'entendre sa mère lui dire qu'elle voudrait bien travailler. Mais avec son certificat d'études, à part l'usine comme son père, il n'y a rien. Et encore. Elle n'est même pas sûre qu'ils voudraient d'elle. Il se demande ce qu'elles peuvent bien avoir à se raconter avec Doris, devant leur café pendant des heures, tantôt chez l'une, tantôt chez l'autre. Le cendrier plein à ras bord.

Marc est surexcité. Son père est revenu de voyage avec un cadeau incroyable. Tu ne vas pas en croire tes yeux ! C'est une récompense pour son bulletin scolaire. Une manière de combler l'absence aussi. Un téléphérique pour ses Action Joe, ces figurines mal rasées et hors de prix que Nicolas lui envie. Mon père l'a acheté en Amérique, tu te rends compte ? Nicolas se rend surtout compte que jamais son père ne lui ramènera quoi que ce soit des États-Unis. Pour la simple raison qu'il n'est jamais allé plus loin que le Morbihan et que les Américains, il les déteste avant même de les connaître. Mais Nicolas acquiesce. Il est heureux pour son ami. Son père n'est pas parvenu à lui transmettre ce fiel de l'envie, ce cancer, cette jalousie maladive de tout. Marc et son père ont passé la soirée à installer le téléphérique entre deux arbres. Ensemble. Nicolas songe que lui ne fait jamais rien avec son père, hormis mal lui tenir une équerre ou un fil à plomb au-dessus d'un muret de parpaings en devenir, lui tendre un tournevis depuis le contrebas de l'escabeau, comme une infirmière le ferait d'un bistouri à un chirurgien dans un bloc opératoire.

Marc l'escorte jusqu'au fond du jardin, fier de lui montrer l'installation, le souci du détail, la finesse des filins métalliques, la vitesse à laquelle ses figurines impassibles fendent l'air dans leur nacelle en coton à motif camouflage. Nicolas a les larmes aux yeux. Il ne sait pas pourquoi. Est-ce la jalousie qui s'immisce malgré tout ? La peur de n'être pas à la hauteur de ce garçon à qui tout semble déjà réussir, comme si ce jardin préfigurait le reste de son existence ? Condamné à regarder les autres se contenter de ce que la vie leur offre. Ou pense-t-il simplement que ce cadeau – que personne d'autre ne possède à des kilomètres à la ronde – va attirer à Marc des dizaines de nouveaux amis, qui viendront avec leurs collections entières de ces figurines trop chères, le char Action Joe, la caserne, l'hôpital, le champ de bataille ? La débâcle Action Joe. Mais pourquoi tu pleures, mon Nico ? Il s'est campé face à lui, a posé ses mains sur ses épaules, son visage est là, à quelques centimètres du sien. Il pourrait en récolter les larmes. Il pourrait le prendre dans ses bras. Mais il se retourne. Allez, suis-moi ! Il enjambe les pierres glissantes, se saisit d'une branche pour fouetter les herbes et tend l'autre main à Nicolas pour l'aider à franchir la rivière. Voilà pourquoi il pleure. Parce qu'il aura toujours besoin d'un Marc dans sa vie. Mais qui aura besoin de lui ?

Ils ont vidé le grenier mais ont laissé deux bottes de foin rien que pour nous, tu vas voir ! Il y est donc retourné. Seul ? Pour faire quoi ? Une fois grimpé dans la soupente, Marc décrète qu'il fait chaud, enlève son tee-shirt, le pose sur le foin, s'étend dessus, bras repliés derrière la tête. Nicolas ne peut s'empêcher de regarder ses aisselles semées de poils blonds. Marc surprend son regard. T'en as pas encore, toi ? Allez, montre ! Nicolas s'exécute, retire son tee-shirt à son tour, le pose à côté de celui de Marc, qui le colle au sien. C'est un effleurement. Maladroit. La sueur aimante tout. Aucun des deux ne bouge. Et là, t'en as beaucoup ? Marc a baissé son short, juste assez pour découvrir une toison que Nicolas n'imaginait pas aussi dense. Mais l'avait-il réellement imaginée ? Il a vraiment chaud maintenant. Tu peux toucher si tu veux. Il n'en sait rien. Il ignore s'il en a envie. Est-ce un piège ? Est-ce mal ? Les autres garçons le font-ils ? Il est paralysé. Marc tourne son visage vers le sien, lui prend la main, la pose sur son short. Et la tienne, elle est comment ? Il ne s'était pas posé la question. Marc tend le bras. Son geste est sûr. Presque sans enjeu. Leurs regards se perdent dans les particules de poussière. Puis quelques minutes encore et

Marc décide qu'il est temps de rentrer. Il doit terminer ses devoirs. Il y a interro demain. Nicolas se demande ce qu'il appréhende le plus, la prochaine fois qu'ils retourneront dans la grange ou le jour où Marc décidera qu'ils n'iront plus jamais.

À table, Nicolas doit fournir un effort surhumain pour ne parler que du téléphérique. La traversée de la rivière, les pierres glissantes, le bâtiment qui menace ruine, le champ du voisin, tout est territoire interdit. Son père lui demanderait ce qu'ils sont allés faire là-bas. Et c'est quoi cette rougeur sous ton œil ? Tu es allé dans le foin ? Les Action Joe héritent de son enthousiasme. Il en fait une description détaillée. Son père s'agace. Sa mère est déjà au courant. Doris a trouvé le cadeau disproportionné et s'en est ouverte à son amie. Mais est-ce son amie ou le témoin de ses frustrations ? Il le gâte trop. Elle sait bien pourquoi. Mais ne se risque pas à émettre la moindre désapprobation. Elle connaît le refrain par cœur. Et si ça le rend heureux, lui, de faire de beaux cadeaux à son gamin, de marquer le coup, l'encourager à persévérer ? Il peut se le permettre. Il travaille dur pour ça.

Et puis le décalage horaire l'a épuisé, il va se coucher. C'est quand même un monde !

Au mieux, Évelyne peut piocher dans l'argent des courses pour acheter un *Spirou* ou un *Pif Gadget*. Mais Nicolas doit les cacher dans sa chambre. Son père trouve ça trop cher payé pour un tel ramassis d'âneries. Il a pourtant de meilleures notes que Marc. Et puis on le sait bien que tout est biaisé dans le privé. Ils vous en donnent pour votre argent. Nicolas et sa mère échangent un rare regard complice. Ce soir il l'aide spontanément à débarrasser la table et laver la vaisselle. Elle est son alliée pour affronter cette forme nouvelle de solitude. Son père sort fumer une cigarette dans le jardin. Sa mauvaise humeur se lit dans la manière dont il ferme la porte derrière lui. À la télé, France Gall chante « Viens je t'emmène », mais personne ne l'écoute.

Nicolas fixe son reflet dans le miroir de la salle de bains. Il a encore fait tomber du dentifrice dans le fond du lavabo. Il frotte l'émail du plat de la main, ouvre le robinet en grand et regarde la pâte striée rouge et blanc ramper dans le siphon comme une grosse chenille. Le plancher filtre la voix de son père qui marmonne devant la télé. On verra à Noël, fiche-moi la paix ! C'est tout ce qu'il entend. Il ferme le verrou. Prend le tabouret en formica sur lequel sa mère l'assoit pour lui couper les cheveux. Le positionne devant le lavabo. Il peut se voir tout entier dans le miroir. Il fait glisser son slip. Il n'y a pas beaucoup de poils. C'est ce qui le tracasse le plus. Aussitôt couché, il s'endort.

Le mois de juin glisse sur mai. Plus que deux semaines avant les grandes vacances. Les journées sont des récréations géantes. Les professeurs se détendent. On part en excursion au zoo de Jurques. Fennec, grue, dindon, girafe : chaque élève écope malgré lui d'un animal totem. Un enseignant râle pour le principe, un autre trouve que c'est quand même bien observé, glousse dans son coin. Comme un gamin. À midi, on retourne dans le bus chercher son pique-nique. Tout a chauffé. Les œufs durs ont goût de banane, une poignée de chips a ramolli dans un sachet de congélation, le pain de mie a rassi, le beurre fondu, le jambon pris des reflets nacrés. Un fond de sirop de menthe dans la gourde trompe le goût de plastique et de chlore. L'été arrive. Marc part en colonie de vacances dans une semaine. Nicolas espère que sa mère le conduira de temps en temps à la piscine de Touques, même si c'est un peu loin et qu'elle craint l'eau. Il aidera pour les foins. Il y aura les fraises à ramasser, les haricots à équeuter au-dessus de la passoire. Et puis son père a prévu de faire la terrasse. Il a récupéré un stock de dalles en béton lavé pour une bouchée de pain. Il n'y aura plus besoin de caler la table de jardin. Les pieds des chaises en plastique ne s'enfonceront plus dans la terre. Mais Nicolas sait déjà qu'il sera de corvée pour le fil à plomb, la préparation du ciment dans la brouette, le remplissage de l'arrosoir. Il espère que sa grand-mère lui prêtera sa bicyclette de temps en temps. Elle n'en fait presque plus. Les gens roulent trop vite. Elle a peur de se faire renverser par une voiture. C'est ça, son cadeau pour Noël, un vélo rien qu'à lui ?

Ils vont une dernière fois dans la grange. Mais quelque chose est en train de changer. Marc est sombre. Il raconte les disputes de ses parents. Sa mère a parlé d'une maîtresse. Il n'a pas tout compris, mais on l'a prévenu qu'il y aurait du changement à la rentrée. Il sera peut-être pensionnaire. Nicolas ne sait pas quoi répondre. Pour la première fois, il prend l'initiative, attrape un brin de foin et l'approche timidement de la cuisse de Marc. Tu me chatouilles, arrête ! Son odeur aussi est en train de changer. Nicolas ne la reconnaît pas tout à fait. Il ne l'a jamais trouvé aussi beau, comme on aime soudain, plus que tout, ce qui nous échappe. Leurs mains pourtant se rencontrent encore et Marc fait remonter la sienne jusqu'au cou de Nicolas. Un frisson le transperce. Est-ce cela, être amoureux ? Viens, il fait trop chaud ici. La rivière est plus profonde en bas du champ. Je suis sûr qu'on peut se baigner, ça nous rafraîchira. Et puis tu es tout pâle. Il se laisse une nouvelle fois guider. L'eau est glacée. Transparente. Il y a une libellule. L'ombre d'un chêne. Des cris d'enfants au loin. Un paysan qui moissonne. Personne ne peut les voir. Marc se met tout nu. Nicolas ose à peine le regarder, se déshabille à son tour. Sans réfléchir. Lentement. Il plie ses affaires comme chez le médecin. Se glisse dans l'eau. Le rejoint. Leurs torses s'effleurent. Leurs hanches se frôlent. Marc dépose un baiser sur son front. Nicolas voudrait que ce moment dure toujours. C'est la dernière fois, tu sais. Oui, je sais, ment-il avant de regagner maladroitement la rive, se blesse sur un silex. Son pied est en sang. Il prend sur lui de ne pas pleurer, même si la plaie masquerait la cause de ses larmes. Attends, j'ai un mouchoir dans ma poche. Faut appuyer fort pour arrêter le saignement. Il se déteste d'être cette petite chose fragile qu'on console et qu'on soigne. Il ramasse ses affaires à la hâte. Se rhabille et ne se retourne pas malgré les appels. Il n'a plus de raisons de lutter. Le chagrin inonde ses joues. Il en boit le sel. Regagne la maison. Monte dans sa chambre sous le regard interdit de sa mère qui, assise dans le canapé, lui tricote un pull pour la rentrée. Je ne veux plus jamais le voir ! Il a hurlé. Le soir, à la grande surprise de ses parents, il demande à passer l'été chez sa grand-mère. Son père se débrouillera tout seul avec le ciment de sa terrasse. Sa mère avec ses rangs de tricots et de haricots.

Nicolas se demande s'il a pris la bonne décision. Marc sera absent une bonne partie de l'été de toute façon. Entre la colonie de vacances et les deux semaines qu'il passera avec ses parents dans le Sud, Nicolas l'aurait à peine vu. Il a peut-être davantage fui les travaux de maçonnerie, la rivière et les pierres glissantes. Le jardin des voisins. Le cocker qu'il n'aura jamais. Les parents de Marc vont-ils vraiment divorcer ou se disputent-ils comme le font tous les adultes, toujours prêts à se reprocher quelque chose, après un mot de travers ou un verre de vin de trop ?

Sa grand-mère est ravie. Depuis la mort de son mari, elle parlerait à un arbre. Les oncles et tantes de Nicolas viennent à tour de rôle s'inquiéter de sa santé, son appétit, son humeur. Mais avoir l'un de ses petits-fils rien que pour elle pendant deux mois, elle n'en espérait pas tant. Même si Nicolas n'est pas le plus dégourdi. Toujours en train de lire ses fichues bandes dessinées, rêvasser au bout de la table ou se trémousser devant la télé quand il y a une émission de variétés. Pousse-toi donc, je ne vois rien ! Mais sa mère ne l'a pas si mal élevé finalement. Il fait son lit le matin, lave son bol, se brosse les dents, se débarbouille sans rechigner ni gaspiller le savon. Il met la table sans qu'elle lui demande, passe un coup de balai dans la cuisine à l'occasion. Il l'aide à rentrer les vaches dans le parc pour la traite du soir. Il sait les calmer quand elle s'affaire sur leurs pis et que des mouches viennent leur chatouiller les naseaux. Il leur parle. Les appelle *ma chérie* ou *ma beauté*. Elle lève les yeux au ciel mais ça l'amuse. Personne ne parle comme ça à des vaches. Pourtant elle les aime, ses trois génisses ! Elle aurait bien gardé les autres, mais le maire lui en a proposé un bon prix et elle avait besoin d'argent pour la pierre tombale. Tous les soirs après *souper* ils vont se signer devant la tombe, redresser le pot de chrysanthèmes, s'assurer que tout est à sa place. Nicolas crochète fièrement le bras de sa grand-mère dans les allées du cimetière. Il ne sait pas toujours comment lui parler, mais il sait se taire, se recueillir avec elle. Ça aussi, elle apprécie. À peine refermé le portillon en fer forgé, elle reprend l'ordinaire de son existence simple et millimétrée. Toujours quelque chose à faire. Un voisin à épier.

Une fois par semaine, elle lui prépare des beignets aux pommes. Le signal est une petite cuvette en plastique coiffée d'un linge banc, qu'il trouve près de l'évier au moment de passer son bol sous l'eau froide. La pâte y lève toute la journée. Il essaie de la prendre dans ses bras pour la remercier, il est aussi grand qu'elle maintenant. Mais elle se dérobe, mi-gênée, mi-agacée. On ne s'étreint pas en vain. On s'embrasse du bout des lèvres avant d'aller se coucher. Le Seigneur ne tolère pas ces simagrées. Nicolas rebrousse chemin, penaud, vexé. Demande s'il peut prendre une douche. Il a eu chaud cette nuit. D'accord, mais tu ne laisses pas couler l'eau pendant des heures, hein ?

Ce jour-là, elle l'envoie chez la voisine, veuve elle aussi. Mme Burger. Alsacienne comme Doris. Sa grand-mère dit qu'elle est de la *haute.* Nicolas ignore ce que cela peut bien vouloir dire. Les Burger sont de la famille des Schlumberger. Une grande lignée qui a beaucoup d'argent, des vignobles, des châteaux. Mais elle n'en est pas moins seule, dans son presbytère, une maison trois fois trop grande. Ses enfants et petits-enfants viennent la voir à Pâques et à Noël, un peu l'été. Nicolas enfile son plus beau tee-shirt, se peigne avec soin. La bâtisse et son habitante l'impressionnent. Sa grand-mère la trouve farfelue, emmitouflée dans de grands châles été comme hiver. Un sur les épaules. L'autre sur la tête. Une vraie bohémienne ! Mme Burger prétend qu'elle n'arrive pas à se réchauffer dans cette maison froide et solitaire. Pourtant, le matin, la grand-mère la voit se promener pieds nus dans son jardin où paissent chèvres et moutons. Des poules naines aussi. Elles font de tout petits œufs tachetés que Mme Burger juge délicieux (elle dit *savoureux*). Deux minutes trente de cuisson, pas plus ! Après, c'est coque. Trop cuit pour elle. La grand-mère de Nicolas a beau brosser le portrait d'une vieille folle, elle l'aime bien dans le fond. Et veille toujours à lui apporter une timbale de lait pour son thé et son chocolat chaud. Comme un reliquat servile. Un vieux complexe de classe. C'est la mission du jour. Nicolas tire sur la chaîne qui pend à côté de la porte. Il y a une plaque en laiton. Une cloche retentit de l'autre côté du porche. Après un moment, la voix se fait entendre. J'arrive ! Elle salue ses poules, chèvres et moutons au passage. Chacun par leur nom. Le verrou claque et la porte s'ébranle par à-coups. Il faut qu'elle la fasse graisser. Bonjour, madame, c'est ma grand-mère qui m'envoie. J'ai votre lait ! Elle semble s'être maquillée à la hâte. Comme si elle espérait un autre visiteur. Elle lui propose néanmoins d'entrer. Tu veux un chocolat chaud ? Il vient de prendre son petit déjeuner mais ne voit pas de raison de décliner l'offre.

Elle lui montre une chaise. La grande table de la cuisine est encombrée de cartons, de papiers, de vaisselle empilée, d'appareils électroménagers, de bougies posées dans des assiettes, de notices d'utilisation. Le siège fait face à une zone miraculeusement épargnée par ce déballage. Tout le reste semble avoir été repoussé à la hâte sur le côté, ou bien menace d'envahir à tout moment ce dernier bastion où elle doit prendre ses repas, seule face à la cheminée en pierre dont l'âtre regorge d'autres cartons, vides ceux-là, de journaux chiffonnés, de cageots démembrés. Sa grand-mère est-elle déjà entrée dans cette cuisine qu'elle jugerait gargantuesque, bordélique, écrasante ? Elle qui jette tout, ne supporte pas le moindre grain de poussière, le poids des choses. Mme Burger s'affaire dans un coin. Le lait monte dans la petite casserole en cuivre. Nicolas est tenté de se lever pour éteindre le feu mais se contente de regarder ailleurs. Il sent la catastrophe arriver, est pris d'un tressaillement. Elle baisse la radio. Bernard Hinault a fait une nouvelle échappée. Le commentateur prédit sa victoire le 23 juillet. Elle peste pour elle-même. Ils nous ennuient avec leur maudit vélo ! Elle éloigne la casserole de la flamme. Saisit une boîte sur l'étagère. Cherche quelque chose dans le tiroir. Le trouve. Crie victoire en agitant ses petits bras potelés. Nicolas a les yeux partout. Elle se retourne pour lui montrer un ustensile de la taille d'une lampe de poche que prolongent une fine tige métallique et un bitoniau en plastique. Tu vois cet embout ? C'est le secret ! Elle fourrage avec une grande cuillère. De l'argent, se dit Nicolas qui reconnaît le précieux métal de son gobelet de baptême. Un nuage brun s'élève des deux tasses qu'elle a posées sur la paillasse et éteint aussitôt en versant le lait fumant dessus. L'important, c'est de ne pas lésiner sur le cacao. Et le lait entier, c'est encore meilleur avec la peau, tu vas voir ! Puis elle place le drôle d'ustensile devant son visage. Entre ses deux yeux. En loucherait presque. Et maintenant, moteur ! Le garçon sourit, droit sur sa chaise. Un vrombissement se fait entendre. Ça dure deux minutes, peut-être trois, puis elle fait volte-face, une tasse dans chaque main. Il pense à un numéro de magie, semblable à celui qu'il a vu à la télé l'autre soir. Il faut laisser un peu refroidir maintenant, sinon, tu vas te brûler la langue. Mon minifouet, c'est ce qui fait toute la différence. Rien à voir avec celui que tu bois chez ta grand-mère. C'est léger, mousseux, un vrai nuage ! Nicolas n'aime pas qu'on rabaisse les siens, il voudrait chanter les louanges de son aïeule, opposer un *n'empêche que*, redorer le blason de son arbre généalogique tout entier. Il se contente de faire danser ses jambes dans le vide, les mains posées à plat sur la table. Digne. Il accueille le breuvage d'un signe de tête, souffle dessus, comme sur un feu intérieur qu'il lui faut éteindre. Tu veux une part de kouglof ? C'est moi qui le fais, une recette de famille. Tu en as déjà mangé ? Non, bien sûr que non, je suis bête ! Il imagine un plat en sauce. Un morceau de gibier. Une rémoulade exotique. Il décline poliment. Tu as tort, il est délicieux. Une prochaine fois peut-être ! Son visage s'illumine à l'idée qu'il y aura une autre fois. Il pose la tasse sur une serviette de table qui traînait là. Approche ses lèvres du bord et avale une gorgée. Alors ? Le visage de la vieille dame trahit la certitude qu'il n'a jamais rien bu d'aussi bon. Il lève des yeux remplis de sucre et de reconnaissance. Je n'ai jamais rien bu d'aussi bon ! Elle triomphe, agite une nouvelle fois ses petits bras potelés. Nicolas sent une vague de chaleur l'envahir. Une gêne indescriptible. Légère encore mais qui ne demande qu'à grandir. Un arrière-gout dans la bouche, comme une dent cariée. Le conflit de loyauté. Tu peux m'appeler Zazie si tu veux !

Zazie ? Mais elle s'appelle Lucienne, ta Mme Burger ! Et c'est comme ça que tu vas continuer à l'appeler. Nicolas est coupé net dans son élan. Sa nouvelle amie lui a dit qu'il pouvait revenir dès le lendemain s'il en avait envie, mais il sent bien que cela contrarie sa grand-mère. Elle parle à son fourneau. Zazie, Zazie… Et pourquoi pas la Grande Zoa pendant qu'on y est ! Elle a préparé des rognons de porc. Le prix à payer pour sa trahison. Nicolas déteste ces petits morceaux de viande caoutchouteux. Il regrette son kouglof. Si c'est aussi bon que ce chocolat chaud, il est prêt à braver sa peur de l'inconnu.

Une fois la table débarrassée et les miettes de pain jetées aux oiseaux, sa grand-mère s'assoupit dans le canapé. Elle a fermé les volets pour empêcher la chaleur de rentrer. Nicolas tourne en rond. Il est trop tôt pour aller retrouver ses cousins. Et il n'a pas la permission de prendre le vélo. À pied, le lavoir est trop loin. Le soleil cogne. Il se réfugie dans l'étable qui jouxte l'enclos où sa grand-mère trait les vaches à la fraîche. Le plafond est parsemé de nids désaffectés. Des martinets qui ont élu domicile là. Il attrape le bâton à l'aide duquel son aïeule dirige les vaches comme un chef d'orchestre. Il fait de grands sauts, gesticule, fouette les airs, cherche à décoller l'une de ces drôles de huttes, la dépecer, la disséquer. Comment ça tient ? Comment de si petits mammifères peuvent-ils construire de tels ouvrages ? Il est fasciné, mais trop petit pour décrocher les nids. Il a chaud. Il s'ennuie. Pense à sa mère. Est-elle en train de boire un café avec Doris ? Lui manque-t-il ? Il demandera à l'appeler ce soir. Pas longtemps. Ça coûte cher le téléphone. On lui a assez dit. Il ressort de l'étable, le soleil l'éblouit. Reste sur le palier la main en visière, le temps de recouvrer la vue. Des éclats de voix lui parviennent depuis la maison voisine. Des bruits d'eau. Des rires. Une piscine, ils ont une piscine ! Il regagne la cuisine en courant. Sa grand-mère a enfilé sa blouse. Elle passe un coup d'éponge dans le fond de l'évier. Mamie, les voisins ont une piscine ! Tu te rends compte ? Tu crois que je pourrai y aller un jour ? Elle s'essuie les mains sur son tablier. Je n'en sais rien, *mon petiot*. S'ils t'invitent, je ne vois pas de raison. Mais ce sont des Parisiens, je ne les connais pas vraiment, tu sais. On se dit bonjour comme ça. En attendant, viens avec moi, M. le maire a besoin de bras pour les foins. Il aime bien quand elle l'appelle *mon petiot*. C'est signe que tout va bien entre eux. Il a envie que ça dure. Il lui décoche son plus beau sourire. Je remets mon tee-shirt sale d'hier et j'arrive, Mamie !

Le maire et sa famille vivent dans l'une des plus grosses bâtisses du village, derrière la maison de la grand-mère. On l'appelle le château, mais c'est plutôt une ferme cossue. La façade avant est en pierre de taille, l'arrière à colombages. Le tout est en mauvais état mais a conservé un certain lustre. On est accueilli par un berger allemand et un épagneul breton. Un pour les voleurs, l'autre pour la chasse. On dit *les chiens*, à croire que personne n'a songé à leur donner un nom. Ils vous reniflent jusque sous les bras mais sont gentils. Le reste des bâtiments dessine un grand U. L'aile gauche abrite le pressoir, les tonneaux et les bouteilles de cidre de la dernière récolte, que la femme du maire vend aux touristes. Des Anglais et des Parisiens. La fille, Maryvonne (elle préfère qu'on l'appelle Marie), leur vend des crêpes et de la teurgoule. Une énorme jatte en terre cuite qu'elle vide dans des barquettes à frites. Elle a dix-neuf ans. C'est déjà une adulte. Nicolas ne sait pas s'il doit lui dire *tu* ou *vous*. Elle dit qu'elle le connaît depuis qu'il est grand comme ça, alors il peut bien la tutoyer ! Elle est douce. Elle sent toujours le savon. Sa grand-mère dit qu'elle restera vieille fille. Il flaire que cela ne présage rien de bon.

Le maire jette un œil à ses bras. Forme une pince avec le pouce et l'index pour en reproduire le diamètre dans l'air. Ce n'est pas encore cette année que tu pourras charger les balles sur la linière, mon garçon, pas assez costaud ! Tu vas conduire le tracteur, comme l'été dernier. Vas-y, monte, que je voie si tes pieds touchent enfin les pédales. Bon, on va encore mettre une cale en bois. Faut manger plus de soupe !

C'est Bruno, le commis, qui conduit le tracteur jusqu'au champ. Chacun se cramponne comme il peut aux ridelles, le maire, ses deux fils, la grand-mère. Une fois sur place, il aide Nicolas à escalader le trépied et à s'installer sur le vieux fauteuil en skaï qui lui brûle aussitôt le bas des cuisses. Bruno pose sa main sur l'épaule de Nicolas, crie par-dessus le bruit du moteur. Maintenant tu appuies à fond sur la pédale d'embrayage. Celle-là ! Il a dix-sept ou dix-huit ans mais déjà des mains d'homme, les ongles rongés jusqu'au sang, cernés de noir. Son haleine sent le café au lait et le tabac froid. Il glisse la cale en bois entre le pied de Nicolas et la pédale. Passe la première sur le levier de vitesse. Tu ne lâches pas, hein ? Ça empeste l'huile et la sueur. Le vieux tracteur hoquète, s'ébranle et prend sa vitesse de croisière, cinq kilomètres heure. C'est parti, mon kiki ! Il disparaît aussitôt. Nicolas se retourne et le voit rejoindre les deux fils, fourche à la main, piquant déjà les bottes, les jetant sur la linière, où la grand-mère et le maire les font ensuite glisser jusqu'au fond du plateau. En deux heures, le champ est désert comme une plage en novembre. La femme et la fille du maire les rejoignent, unies par un panier où cognent deux bouteilles de cidre. Dans un linge, le reste de crêpes de la journée. Nicolas en salive. Pas plus d'une, prévient la grand-mère, sinon tu n'auras plus faim ce soir. Le maire lui tend un fond de cidre sous le regard réprobateur des trois femmes. Ça ne va pas le tuer et il l'a bien mérité !

Après dîner, il se tasse dans un coin du canapé, décroche le lourd combiné gris et compose le numéro de la maison. Personne ne répond. Il espère que rien n'est arrivé. Sa grand-mère dit qu'ils doivent être dans le jardin et n'entendent pas la sonnerie. Il la laisse devant un film en noir et blanc, s'endort après avoir longuement admiré la pièce de cinq francs que M. le maire a glissé dans sa main après la collation. Ça reste entre nous, hein ? Tu t'achèteras ce qui te fait plaisir !

La pièce le brûle pendant une bonne semaine. Puis un matin que sa grand-mère l'envoie acheter du pain, n'y tient plus. Onze heures sonnent au clocher de l'église. Il pousse la porte de l'épicerie-café-dépôt de pain. Une clochette en gratte le dormant, émet un tintement étouffé. Denise se méfie des voyous qui profitent de ses incursions dans la réserve pour se faufiler derrière la caisse. Nicolas montre une grande baguette pas trop cuite. Sa grand-mère lui a donné l'appoint. Puis il sort la pièce en métal argenté. Il l'a tellement frottée dans le fond de sa poche qu'elle brille au-dessus de l'étal. Je vais prendre des bonbons aussi ! L'épicière feint de se rembrunir. Et ta grand-mère est d'accord ? Il acquiesce et commence l'inventaire répété dix fois en chemin. Tu vas manger ça tout seul ? Il rougit. Prétend qu'il partagera avec ses cousins, mais le bruit d'un moteur mange sa réponse. Un solex. Des voix s'élèvent de l'autre côté de la cloison, des grincements de chaises dont on se lève comme un seul homme. Ils sont quatre ou cinq à boire leur première ration du jour sous le regard de Marcel, le mari de l'épicière. Le commerce lui appartient à elle. Elle le répète à qui veut l'entendre. C'était à son père.

Denise s'approche de la fenêtre. Le ronflement du moteur a réveillé le sifflement qui la gêne depuis quelques jours déjà. Il faut qu'elle aille voir le docteur. L'avez-vous seulement reconnue ? croit-elle chuchoter en traversant le rideau de perles qui sépare l'épicerie du bar. Mais oui, c'est bien elle, embraye son mari. Nicolas aimerait que l'on revienne à ses bonbons, si cela ne dérange personne. Il lui reste au moins deux francs à dépenser. Il tourne le regard vers la porte et ne voit d'abord que ses jambes fines, si fines qu'il se demande comment elle arrive à marcher. Il la trouve encore plus belle qu'à la télé. L'air moins triste aussi. De l'autre côté de la rue, il y a du monde derrière les rideaux. Elle s'est installée là au printemps. Dans une ruine dont personne d'autre ne voulait. Trop de travaux. C'est la première fois qu'elle vient à l'épicerie. Denise rayonne. Et toi, tu la reconnais, mon grand ? Évidemment qu'il la reconnaît ! Mais craint que tout cela ne nous éloigne un peu trop de l'objet de sa visite. Il fait non de la tête, rappelle qu'il veut un franc de ceux-là et une dizaine des bleus dans le grand pot à gauche, ceux à dix centimes. L'épicière le regarde, interdite. Ils n'ont pas la télé, tes parents ? Non, ment-il en se pinçant la cuisse à travers son short, persuadé que cela empêchera le rouge de lui monter aux joues. Qu'on en finisse. Elle ajoute un chewing-gum pour consoler le gamin d'un si terrible sort. C'est cadeau, ça me fait plaisir ! Il rougit pour de bon, sous les yeux de la star anglaise qui vient de pousser la porte dans un *bonjour* qui couvre la sonnette et dont Nicolas s'empresse d'enregistrer la mélodie. Elle fait glisser ses immenses lunettes noires, les met en équilibre au sommet de sa tête, explique à l'épicière que c'est l'anniversaire de sa fille. Ils ne connaissent pas beaucoup de monde ici. Ce serait trop triste qu'elle fête son anniversaire uniquement avec ses parents et sa sœur. Elle voudrait inviter des enfants du village. Une dizaine. Denise fera passer le message ? Et toi, tu veux venir à la maison samedi après-midi ? Nicolas ne comprend d'abord pas que c'est à lui qu'elle pose la question. Il s'est reculé spontanément quand elle est entrée, a baissé les yeux, vérifié que son tee-shirt était bien mis dans son pantalon. Toujours faire bonne impression. Denise n'a pas encore fini de remplir le sachet. Elle en met un temps ! Oui, il aimerait bien, merci madame, mais il faut qu'il demande à sa grand-mère et qu'elle appelle sa mère d'abord. La chanteuse lui décoche un sourire immense, lumineux, contagieux. Elle n'a rien compris à son charabia, note l'adresse sur un bout de papier, le tend à l'épicière. Avec plaisir, bien sûr ! Elle aussi est un peu empruntée. Impressionnée. Une star dans son petit commerce ! Elle va faire des jaloux. Il y a un début d'attroupement sur le trottoir. Des gamins. Ça va vite se savoir. Elle serait prête à prendre n'importe quoi sur l'une de ses étagères et à l'offrir à celle qui vient de faire de son épicerie une annexe de cette émission de variétés qu'elle aime tant mais dont le nom lui échappe pour l'instant. C'est l'émotion. *Numéro un*, ça me revient maintenant ! Elle n'a jamais manqué une prestation de Claude François. Quel bel homme c'était tout de même !

Nicolas court annoncer la nouvelle à sa grand-mère. Elle est à son fourneau. Ça sent le beurre et les oignons. On va manger du foie de veau. Il déteste ça, mais garde son écœurement pour plus tard. Elle se retourne à peine et maugrée un *non* qui lui coupe les jambes et réveille son dégoût du morceau d'abats qui déjà grésille dans la poêle, libère une odeur irrespirable. Il sait qu'il ne doit pas argumenter, il est sous son autorité pendant deux mois, l'a voulu. On ne négocie pas avec les grandes personnes. On ne répond pas. Mais l'occasion est trop belle. Inespérée. Elle ne se rend pas compte ! Il demande à appeler sa mère pour lui demander la permission. Blesse sa grand-mère inutilement. Non, tu n'appelleras pas ta mère. Non, tu n'iras pas chez les saltimbanques. M. le maire a besoin de nous. C'est comme ça.

Il n'en revient pas de manquer un tel événement alors qu'on l'a invité, lui, pour la première fois de sa vie. Les autres enfants seront choisis par l'épicière. C'est injuste. Et il faut avaler ce morceau de foie dur comme de la semelle. En légume, des choux de Bruxelles cuits à l'eau. En dessert, un fruit. C'est la journée de toutes les punitions. Il va se venger sur les bonbons. À s'en rendre malade. Elle videra la cuvette. Bien fait pour elle ! Il en gobe un premier quand elle a le dos tourné. Une fine lanière acide. Il salive, cligne des yeux, mâchouille sans bruit. Elle s'endort dans le canapé peu après avoir terminé la vaisselle, volets fermés, rideaux tirés. Cette obscurité l'oppresse, il sort par la porte de derrière, enfourche la bicyclette sans permission, prend le chemin du lavoir où il espère retrouver ses cousins. Mais il est encore tôt, il n'y a personne. Il caresse l'eau, tente d'attraper un triton, mais à quoi bon. Au loin on entend le moteur pétaradant d'une mobylette. Le vent souffle dans les arbres. Une vache pousse un cri déchirant, comme si on l'égorgeait. Un jour il quittera ce trou où tout lui est interdit d'avance.

L'été croise péniblement son mitan. Et les juillettistes les aoûtiens. Bison fûté parle de journée rouge. Nicolas imagine deux tribus se disputant un territoire. Un bain de sang. Le temps est lourd. Le pain est mou. Sa grand-mère a horreur de l'un et de l'autre. Elle craint les orages comme le diable, guette par la fenêtre les nuages qui se creusent de stries noires. Le vent les chasse. Annonce une éclaircie. Le soleil caresse de nouveau le voilage de la cuisine, effleure le carrelage. Elle se rassérène. Aimerait bien que l'on puisse prendre l'apéritif dehors. C'est dimanche. Les parents de Nicolas viennent déjeuner dans une heure.

Sa mère dépose un panier de linge propre sur l'accoudoir du canapé. Trouve que Nicolas a grandi. Dit qu'il s'allonge, perd ses joues, n'est déjà plus son petit garçon. Il se demande comment un tel prodige peut opérer en un laps de temps si court. Lui qui trouve les journées si longues et si vides. Heureusement il y a Zazie. Enfin, Mme Burger. Avec elle tout est plus drôle. Intense. Deux ou trois fois par semaine, il traverse la route, tire sur la chaînette, lui demande si elle a quelque chose à faire. Elle trouve toujours : des cartons à jeter, des pieds de lierre à arracher, des fraises à cueillir, des framboises, des groseilles. Le poulailler à nettoyer (l'odeur le dégoûte un peu). Il ne délivre pas toujours un travail parfait, mais s'applique du mieux qu'il peut pour s'assurer qu'elle lui ouvrira la fois suivante. Parfois elle est trop fatiguée. Elle fait la morte, comme dit sa grand-mère. La comédie.

Hier, pour la première fois, elle lui a montré la grande pièce. Elle appelle ça le *salon de lecture*. C'est là que son mari (elle dit *mon* Charles) passait le plus clair de son temps. C'était un très grand lecteur, tu sais. Un érudit, mon mari. Il a lu *La Recherche du temps perdu* quatre fois dans sa vie, à dix ans d'intervalle. Il disait avoir lu quatre romans différents. La première lecture avait été hermétique, ennuyeuse. Les personnages lointains, brumeux, inaccessibles. Plus tard, il avait eu le sentiment qu'ils étaient là, dans la pièce d'à côté. Il entendait leurs pensées. Il disait que certains livres méritent d'être lus à différents moments de la vie. Comme quelques vins peuvent se boire jeunes ou vieux. Proust, elle n'a jamais eu le courage de s'y atteler. Elle préfère les romans courts. Ceux de Maupassant. Et toi, tu lis un peu ? Chez sa grand-mère il n'y a que la Bible. De vieux journaux qu'on garde sans trop savoir pourquoi. Et quelques *livres de prix* que sa tante a reçus en récompense de ses bonnes notes. C'est la seule de la famille qui soit allée jusqu'au baccalauréat. Elle travaille à la mairie de Dozulé maintenant.

Dans le *salon de lecture*, il y a trois postes de radio alignés sur une étagère. Seule l'orientation des antennes diffère. Ça intrigue Nicolas. Elle dit que son mari détestait changer de fréquence. Il avait toutes les qualités de la terre, sauf la patience. Alors il avait une radio par station : une pour la musique, l'autre pour les informations, la dernière pour les émissions culturelles. Pas besoin de tourner la molette et subir tous ces grésillements, toutes ces chansons de variété auxquelles il n'entendait rien. Nicolas trouve que c'est le comble du luxe. Il n'en parlera pas à sa grand-mère. Cela ne ferait que confirmer ses *a priori*. Zazie dit que cela faisait partie de ses petites manies qui lui manquent tant. C'était un original *son* Charles. Beaucoup plus qu'elle en vérité. Mais il savait y faire avec les gens du village. Il les saluait en soulevant son chapeau. Il charmait tout le monde. On le respectait. Elle ne s'attire que les moqueries. Si tu ne sais pas traire une vache ici, on pense que tu te crois au-dessus de tout le monde. Qu'ils racontent ce qu'ils veulent. *Mon* Charles me comprenait. Il m'aimait telle que j'étais. Elle fixe le fauteuil vide et décrète que c'est l'heure du chocolat chaud. Nicolas boit chacune de ses paroles, surtout celles qu'il ne comprend pas. Avec elle, rien n'est interdit. Ni l'enthousiasme ni le silence. Ni le chagrin. Elle peut soudain interrompre l'un de ses grands monologues, mettre un disque de Maria Callas, Sarah Vaughan ou Nina Simone. Puis elle se fige devant le buffet, comme brisée dans son élan, et, invariablement, murmure : Tu entends cette émotion dans sa voix ? Ses yeux brillent puis s'éteignent. Elle est fatiguée. Il doit rentrer maintenant. Il se lève sans un mot. Aimerait déposer un baiser sur sa joue humide, pense aussitôt à sa grand-mère, se ravise. Du plat de la main, il ramasse les miettes de kouglof sur la table, les jette aux poules en passant. Pour lui plaire.

À table ce midi, sa mère n'a pu s'empêcher de parler de Marc. Il est rentré de colonie de vacances. Nicolas change de sujet. Il voudrait prendre des cours de piano à la rentrée. Ou de violon. Son père suppose que c'est la vieille folle qui lui a mis pareille idée en tête. Tu sais combien ça coûte ? Non, il n'en a pas la moindre idée. Ça lui est venu comme ça. Une diversion. Sa mère, têtue, les ramène au fils des voisins. Il a frappé à la porte l'autre jour. Il voulait savoir si tu étais là et pouvais venir te promener avec eux. Il était avec Christelle, la fille des nouveaux qui ont acheté au bout du chemin. Nicolas sent le sang battre contre ses tempes. S'agite sur sa chaise. S'y cramponne. Commence du bout des doigts à compter les rangs de cannage. Il mesurerait la circonférence du plat si cela pouvait lui donner l'air moins contrarié. Pourquoi faut-il donc qu'il sache si mal feindre l'indifférence ? Sa mère en rajoute. Ils se tenaient par la main. Un vrai petit couple ! Elle est jolie comme un cœur. Personne ne vient à sa rescousse. Ni son père, qui n'a pas dit plus de dix mots depuis qu'ils sont arrivés. Ni sa grand-mère, qui, après avoir cuisiné toute la matinée, n'a qu'une obsession : voir des plats vidés, des assiettes saucées, des ventres tendus. Il demande à sortir de table. Attrape le panier de vêtements sur le canapé, prétexte qu'il va ranger ses affaires dans l'armoire et redescendre avec le linge sale. Avant qu'on oublie. Avant que son père, reprenant péniblement le fil de la conversation (alors que l'on n'attend plus rien de lui), demande s'il la trouve jolie, lui aussi.

Quand il redescend, personne ne s'inquiète qu'il ait mis si longtemps à ranger ses shorts et tee-shirts, personne ne relève ses yeux rouges et mouillés encore. On boit le café, on reprend un morceau de tarte parce qu'il faut finir. On parle de l'orage qui ne va pas tarder, depuis le temps que ça menace. Ils seraient bien partis une semaine quelque part. Voir autre chose. Mais c'est trop juste cette année. On s'ennuie de père en fils.

Il se hisse sur la pointe des pieds, passe la tête par la vitre de la voiture et les embrasse avant qu'ils prennent la route. Son père veut avancer avec sa terrasse, alors ils ne traînent pas. Tu verras, ça change tout ! Sa mère garde son baiser. Mon chéri, tu devrais voir des enfants de ton âge plutôt que de passer ton temps chez Mme Burger. Ce n'est pas sain. Il ne peut pas lui répondre que les enfants de son âge ne sont bons qu'à lui transpercer le cœur.

Il cueille les cerises épargnées par les merles et les étourneaux. Laisse celles qui sont tombées par terre. Zazie s'est assoupie sous la tonnelle, un livre pend au bout de son bras. *Bonjour tristesse*. C'est gai. Elle a promis de lui faire un clafoutis. Sa spécialité, c'est plutôt la tarte aux quetsches, mais le prunier ne donne rien cette année. De l'autre côté de la haie, une silhouette s'agite. Il s'approche à pas de chat. À travers la charmille, il voit d'abord les lunettes. Aussi rouges que les cerises. C'est le fils des voisins, les Parisiens à la piscine. Sa grand-mère lui a dit qu'il le trouverait là. Ça lui dirait de venir se baigner ? Depuis l'anniversaire, plus personne ne vient jouer avec lui. Ils préfèrent tous aller chez la star anglaise. Tu y es allé, à l'anniversaire ? Moi ma mère n'a pas voulu. Elle a dit que j'étais trop petit. Seuls mon frère et ma sœur ont eu le droit. Nicolas lui répond que sa grand-mère n'a pas voulu non plus. Ne développe pas davantage.

Il a honte de ses arguments. Mais il s'en fiche. Il a une nouvelle amie. Même si là elle dort. Elle fait le meilleur chocolat chaud au monde ! Il est mousseux, crémeux. Un délice ! Comment tu t'appelles ? Thomas Moreau, pour vous servir ! Et tu as quel âge ? Onze ans et demi. Nicolas se dit que ça va. Ils peuvent s'entendre. Il termine sa cueillette et le rejoint. Promis ? Promis ! Sa grand-mère est au courant. C'est elle qui l'a envoyé ici. Pas besoin de la prévenir. Tu pourras me prêter un maillot ? Je n'ai pas le mien. Il est chez mes parents. Thomas trouve l'idée bizarre mais acquiesce. Il en a un de rechange.

Nicolas griffonne un mot au dos d'une enveloppe (« À demain, je vais me baigner chez les Parisiens ») qu'il glisse sous le saladier bombé de cerises. Le sommeil déforme drôlement le visage de la vieille femme, mais elle ronfle moins fort que sa grand-mère. Il espère qu'elle tiendra sa promesse pour le clafoutis. Parfois elle soutient dur comme fer qu'elle n'a jamais dit une chose pareille. Alors il se liquéfie, pense qu'elle ne vaut pas mieux que sa grand-mère. Et puis elle part dans un éclat de rire. Bien sûr qu'elle va lui faire son gâteau ! Il rigole avec elle et songe que sa grand-mère, elle, ne rit jamais. Comme si elle n'avait pas de temps pour ça, entre ses vaches, sa vaisselle et ses prières.

La piscine sent fort le chlore. Elle a l'air profonde. La maman lui dit qu'il peut se changer là, dans la chambre de Christophe, le grand frère de Thomas.

Les murs sont recouverts de posters. Rolling Stones, Queen, Blondie, Toto. Il y en a même un de la star anglaise. Il a l'air neuf. Le maillot de bain est à la bonne taille. Il est rouge, comme les lunettes. Thomas est déjà dans la piscine. Alors tu viens ? Sa mère dit qu'elle retourne travailler dans son bureau au cas où ils auraient besoin de quelque chose. Elle fait quoi comme métier ta mère ? Elle est professeure d'anglais. Elle prépare déjà la rentrée. Nicolas est aux anges.

Thomas a la peau blanche. Des taches de rousseur sur le visage et les jambes. Il s'agite beaucoup. Il est infatigable. Un peu colérique aussi. C'est lui qui décide de tout. À quel jeu on joue, d'où on peut sauter dans la piscine (Non, pas là, c'est interdit, je te dis !), à quel moment on prend le goûter. Nicolas accepte les caprices de son hôte. Celui qui reçoit a tous les privilèges. Il a pris l'habitude avec Zazie, appris à être chassé comme un moustique. Un parasite. Plus tard, quand il sera grand, lui aussi aura une grande maison avec une belle piscine. Il pourra faire sa loi. Il espère simplement qu'il aura des gens à inviter. Zazie sera trop vieille. Thomas, c'est trop tôt pour savoir. Marc, n'en parlons pas. Il ne se retrouvera quand même pas en tête-à-tête avec sa grand-mère ? Si elle l'avait laissé aller à cet anniversaire, les choses seraient différentes. Il aurait des tonnes de nouveaux amis. Des gens célèbres ! Pour l'instant, il est dans cette piscine avec un gamin surexcité qui l'asperge avec un pistolet à eau. Il prétexte qu'il doit rentrer. Il est tard, sa grand-mère doit l'attendre pour traire les vaches. Déjà ? Oui, mais il reviendra. Promis ? Promis ! Une fois rhabillé, il vient dire au revoir à son nouvel ami grelottant dans la piscine. Le ciel s'est voilé. La mère a pris place dans un transat et lui demande de sortir maintenant. Rappelle-toi ce qu'a dit le docteur ! Nicolas la remercie pour la baignade et le goûter. Il est tenté de le faire en anglais mais craint de se ridiculiser. Thomas lui propose de venir à la boum de ses frère et sœur samedi prochain. La mère précise que c'est leur anniversaire. Ce sont des jumeaux. Quinze ans déjà. Elle dit que le temps passe trop vite. L'espoir renaît. Il sait qu'il ne sera que le copain du petit frère, on les rabrouera un peu, les traitera volontiers de gamins. Mais oui, il ira à cette boum. Sa grand-mère dira oui cette fois. C'est juste à côté. Pas chez des *saltimbanques*. La chose est réglée le soir même. Elle n'y voit aucune objection. Tu crois qu'il faut acheter des cadeaux ? Il ne reste qu'à trouver une tenue adaptée. S'il y va en short, il aura l'air d'un garçonnet. Zazie l'aidera, trouvera quelque chose. Elle comprendra l'importance de la situation.

Deux jours de suite, Zazie le laisse sonner dans le vide. S'est-elle lassée de lui au moment où il a le plus besoin d'elle ? Sa grand-mère se souvient que c'est à cette époque de l'année que son mari est mort. Peut-être a-t-elle seulement besoin de temps et de calme. Mais Nicolas ne comprend pas. Les adultes sont imprévisibles. Inconstants. Égoïstes. C'est à son tour de rôder derrière la haie des Parisiens, faire des allées et venues devant la maison, dans l'espoir que Thomas l'aperçoive depuis la piscine ou la fenêtre de sa chambre. Il sort enfin par la porte du garage, patins à roulettes aux pieds. Les protections qui ornent son visage, ses coudes et ses genoux lui donnent l'allure d'un personnage de dessin animé. C'est ta mère qui t'oblige à mettre tout ça ? Oui, mais ça ne le dérange pas. Ça le rassure. La seule fois où il a patiné sans genouillères, il a fini chez le médecin avec trois points de suture. Il y passe assez de temps comme ça. Ah bon ? Tu es malade ? Il hausse les épaules et le menton. Nicolas n'insiste pas. Ça ne doit pas être si grave. Tu me regardes un peu et après on va se baigner ? Ça roule ! Ah, c'est malin.

Plus tard, il s'en voudra de ne pas avoir posé plus de questions (C'est quoi cette maladie ? Depuis combien de temps ? Ça se soigne comment ?). Il a envie de se baigner. Zazie fait la morte. Il est aussi égoïste qu'un adulte.

Thomas se lasse vite, tombe, se relève, tombe encore, décide qu'il en a marre. Il a tenu cinq minutes. Il lui en fallu quinze pour se harnacher. Viens, on va nager ! Sa mère accueille le retour de Nicolas avec enthousiasme, comme surprise qu'il ne se soit pas déjà lassé de son fils. Ils doivent avoir autant de copains l'un que l'autre. C'est peut-être davantage une alliance, un élan solidaire qu'une belle histoire d'amitié, mais personne ne s'en plaint. La baignade est plus calme que la fois précédente. Ils s'amadouent mutuellement, apprivoisent cette chose fragile qui est en train de naître. Nicolas n'a pas envie de l'embrasser ou de le prendre dans ses bras. Il a seulement envie d'être un garçon de douze ans qui joue avec un autre garçon dans une piscine, un jour d'août 1978. Tout ce qui arrivera plus tard lui échappe. Il ne veut pas en entendre parler pour l'instant. Qu'on le laisse être cet enfant-là encore un peu.

La chambre n'est pas le magasin de jouets que Nicolas imaginait. Thomas préfère lire. Ça le calme. Lui fait oublier le reste. Là non plus, Nicolas ne relève pas. Il a décidé qu'il aimait tout, même ces phrases laissées en suspension. Il ne saisit pas les occasions qu'on lui donne de les attraper au vol. C'est lui qui reparle de la boum. Combien seront-ils ? Quel cadeau peut-il offrir aux jumeaux ? Comment va-t-il s'habiller ? La question vestimentaire laisse Thomas interdit. Il se l'était à peine posée. On s'en fiche, non ? Il ouvre fièrement l'armoire qui trône en face du lit. Tout est rouge ou marron. Il peut prendre ce qu'il veut, ils font la même taille. Nicolas est fasciné par son détachement. Lui rêve d'un *jeans*, comme celui de Mlle Prieur. S'il en avait un, il ne le prêterait pour rien au monde. Mais sa mère dit que c'est trop cher. Il n'a pas terminé sa croissance. Si c'est pour qu'il dure trois mois.

Il repart avec un polo marron à rayures blanches. Le seul qui ne soit pas rouge, marron à rayures rouges ou rouge à rayures marron. La mère est un peu surprise de la tractation vestimentaire, elle l'attendait davantage de sa fille de quinze ans. Mais elle n'est pas du genre à contrarier son fils. Les liens se tissent de mille façons. Parfois, cela commence par un polo en tergal.

Le lendemain, Zazie se décide enfin à lui ouvrir. Elle savait qu'il viendrait. A préparé un clafoutis. Nicolas lui expose l'objet de sa visite, le regard implorant. Elle éclate de ce rire dont il ne sait jamais s'il doit s'en vexer ou l'imiter. Elle n'est vraiment pas la bonne personne. Elle a un demi-siècle de plus que lui, s'habille comme une bohémienne – si si, je sais bien, c'est ce qu'ils disent tous, qu'ils aillent au diable – et n'a pas dansé depuis des lustres. Elle n'a jamais beaucoup aimé ça d'ailleurs. À part les valses. Avec *son* Charles. Elle se souvient de cette soirée au Val-Richer (elle l'emmènera là-bas un jour, s'il est sage et arrête de l'embêter avec ses questions saugrenues), ils avaient dansé seuls sur la piste. *La Plus que Lente* de Claude Debussy. Une merveille, cette valse ! Je te la ferai écouter. Elle n'est pas si lente que ça d'ailleurs. Tout le monde nous regardait, l'air ébahi. On avait fière allure, tu sais. Certains ont applaudi à la fin. On a salué. *Mon* Charles était sur son trente-et-un. Toujours le plus élégant. Elle ferme les yeux. Sourit à son beau fantôme. Revient à elle. Bon, suis-moi, on va regarder dans la chambre de mes petits-enfants. Avec un peu de chance, tu trouveras ton bonheur. Leur mère les gâte tellement. Après toutes les vacances d'été, c'est toujours la même histoire, j'en retrouve partout dans la maison. Je lave, je plie, je range. Quand ils reviennent, ce n'est déjà plus assez bien pour eux ou trop petit !

Le *jeans* de ses rêves, Nicolas le repère aussitôt. Son premier ! Il l'attendait là, sur l'étagère du bas. Taille haute. Évasé comme il l'imaginait. La couleur est parfaite. Il s'empresse de le déplier. Pourvu qu'il lui aille ! Il ne laisse pas le temps à Zazie de se retourner, enlève son short, inspire puis expire bruyamment, comme un athlète avant l'effort. Elle lève ses petits bras potelés. C'est parfait ! Cette fois, incapable de se censurer, il se jette dans les bras de sa sauveuse, la serre de toutes ses forces. Il ne reste plus qu'à te trouver une cavalière ! Il desserre son étreinte, aurait préféré qu'elle se taise. Pourquoi faut-il que les adultes gâchent toujours tout ?

Il arrive trop tôt. La fête ne commencera pas avant une heure. Rejoint Thomas dans sa chambre. Qui a les cheveux dressés sur la tête. Littéralement. Comment tu as fait ça ? Avec de l'eau sucrée, c'est ma sœur qui m'a montré. Ça lui va bien. Il a l'air plus assuré, un peu plus vieux malgré le pantalon et le polo rouges. Il n'a pas mis ses lunettes. En lui le garçonnet et l'adolescent ne se réconcilieront jamais. Tu veux que je te fasse la même chose ? Non, Nicolas va se contenter de se mouiller les cheveux et les peigner en arrière. Super ton *jeans* au fait ! Finalement, il l'aime bien.

La boum a lieu dans le sous-sol. Des bouts de carton occultent les hublots de la porte du garage pour plonger la piste de danse dans l'obscurité. Les deux garçons attendent encore un peu avant de descendre. On fête l'anniversaire des jumeaux depuis qu'ils ont treize ans, Thomas a l'habitude. Inutile de se précipiter. Sur ses conseils, Nicolas a acheté un quarante-cinq tours qui plaira aux deux. *Ça plane pour moi* de Plastic Bertrand. C'est un succès. Tout le monde adore, lui tape dans le dos, lui sourit, lève le pouce (le morceau passe six fois au cours de la soirée). Il est populaire par procuration.

Nicolas n'a encore jamais vu un frère et une sœur jumeaux. Il est fasciné mais trouve qu'ils ne se ressemblent pas tant que ça. Ils sont très prévenants avec leur petit frère, s'inquiètent beaucoup. Tu veilles sur lui, hein ? Il n'est pas habitué à endosser ce genre de rôle, pense que toute la famille l'a adopté. Les morceaux s'enchaînent. Les deux garçons s'agitent. Sautent sur place. Ils ont attendu ce moment tout l'été sans le savoir. Dans deux semaines, c'est la rentrée. La famille Moreau rentrera à Paris. Thomas en sixième, les jumeaux au lycée, leur mère à Condorcet, où elle donne ses cours d'anglais. Le père a déjà repris le travail et ne vient que le week-end. Nicolas sera en cinquième. Que fera-t-il de ses mercredis après-midi sans Marc ? Déjà le sixième passage de *Ça plane pour moi*. Thomas et lui tournoient, les bras en croix. Imitent le chanteur comme ils peuvent. Il pourrait demander à aller au pensionnat. Il passerait le mercredi loin de la rivière et des pierres glissantes. Ferait du sport. Du football. Son père serait aux anges. Ou de la danse pourquoi pas ? Il se débrouille plutôt bien, ce serait dommage de ne pas exploiter un don pareil. Mais ça ferait moins plaisir à son père. Thomas fait une tête bizarre. Du tennis ? Mais on va lui dire que ça coûte trop cher. La raquette. La housse. Les balles. Les chaussures hors de prix. Tu ne te rends vraiment pas compte ! Et puis l'abonnement au club. La tenue. Les petits bracelets ridicules en éponge aussi ? Les tournois, qui te conduira ? Thomas est tout blanc. Du ping-pong alors ? L'équipement coûte moins cher. Mais il faut une table. Qui ne rentrera jamais dans le garage. Pas assez de place. À moins de laisser la voiture dehors. Mais avec qui il jouera le week-end ? Son père ? Il en doute. Thomas est tout rouge. Le plus simple serait de déménager. Mais sa mère serait triste de quitter Doris. Que ferait-elle de ses journées ? Avec qui boirait-elle son café le midi ? Seule en fixant le vide ? Ou alors il s'installe définitivement chez sa grand-mère. Comme ça, il l'aide à rentrer les vaches tous les soirs. Il coupe le bois. Ça ne doit pas être si compliqué. Zazie lui apprendra la recette du kouglof. Elle aussi sera contente. Il passera la voir, le soir après l'école. Ses parents viendront le week-end. Oui, c'est la solution idéale. En plus, Thomas sera là à toutes les vacances scolaires. Il lui a dit qu'il les passait ici avec sa mère et les jumeaux. Son père quand il peut. Thomas cligne des yeux bizarrement, puis tombe. La musique s'arrête.

Comment aurait-il pu savoir que ce pauvre garçon était malade ? Sa mère aurait pu le prendre à part. Lui dire que Thomas était fragile, qu'il devait s'économiser, faire attention. Mon fils n'est pas idiot, il aurait compris. Hein, tu aurais compris ? Nicolas n'a rien dit. Rien dit depuis que la civière a disparu dans le camion des pompiers. Lumière rallumée, porte du garage grande ouverte, cartons arrachés, enfants paniqués, mère, frère et sœur ravagés. Rien dit quand Mme Moreau l'a secoué en hurlant que tout était sa faute. Elle n'aurait jamais dû l'inviter, lui ouvrir les portes de sa maison, ses bras, l'eau de sa piscine. Rien dit non plus quand ses parents sont arrivés, têtes baissées, coupables désignés eux aussi, l'ont pris dans leurs bras, prostrés, lui caressant mécaniquement les cheveux, lui frictionnant le dos, les épaules, comme si c'était lui qu'il fallait ranimer. Rien dit quand la gendarmerie nationale est arrivée.

Son père a pris les choses en main. Voix blanche. Verbe d'une précision qu'on ne lui avait pas connue depuis longtemps (jamais ?). Le diabète, il ne sait même pas ce que c'est. Il a douze ans, bon sang ! Comment aurait-il pu imaginer que danser pouvait être dangereux, mortel ? Le chef d'atelier est devenu avocat de sa chair. Procureur de son sang. C'est le rôle de sa vie. Il sait bien que son fils ne repartira pas avec les gendarmes, poings menottés, gyrophare et sirène exposant son crime au moindre village alentour. Il pense que Nicolas doit l'entendre de la bouche de son père : il n'a rien fait de mal. Il a été cet enfant qui danse avec d'autres enfants dans un garage sous une boule à facettes. Il la déteste, cette chanson. Son interprète aussi.

Un à un, les parents viennent chercher leurs adolescents qui ne sont pas morts dans un sous-sol en août 1978 et seront peut-être un jour parents à leur tour, maris, épouses, avocates, agricultrices, électriciens. La grand-mère dit qu'elle va faire du café. Il est tard, nous n'avez qu'à dormir là. Elle pose des beignets froids sur un morceau de papier absorbant. Personne n'y touche. Elle se plante à côté de son fourneau le temps que la cafetière crache bruyamment son jus calcaire. Nicolas se lève du canapé et se réfugie dans ses bras. Son silence à elle est la seule issue. Pour une fois elle se laisse faire, marmonnant des *mon petiot* comme elle récite des Notre Père en égrenant son chapelet les soirs d'orage. Elle a le cœur lourd. Il pèse des tonnes. Elle le savait que ce gamin était malade. Combien de fois elle a été réveillée par la sirène des pompiers ! Mais comment imaginer que le Seigneur allait le rappeler à Lui si vite ? Non, c'était impossible. Alors elle n'a rien dit à Nicolas. Elle a tant à faire. L'aurait-il seulement écoutée ou comprise ? Pourtant elle s'en veut. Prend sa part de culpabilité. Demain elle ira se confesser. Ça ne fera pas revenir le garçon, mais ça soulagera sa conscience. Elle va prier pour lui, pour cette pauvre femme, ces enfants qui ont perdu leur frère, ceux qui ont vu ce qu'ils n'auraient jamais dû voir, les pompiers qui ont tout fait pour maintenir la vie dans ce petit corps. Et Nicolas, bien sûr. Il faudrait lui parler maintenant. Trouver les mots n'est pas son fort. Parler non plus. Parler est le privilège de ceux qui n'ont rien d'autre à faire, comme Lucienne Burger.

C'est à elle que Nicolas pense. Cette femme qui sait s'adresser à l'homme qu'il sera un jour plutôt qu'à l'enfant que les autres se contentent de voir. Elle lui aurait déjà préparé un chocolat chaud, mis un disque de musique douce, parce qu'elle sait honorer la tristesse, l'accueillir à bras ouverts quand elle se présente, se fondre en elle. L'autre jour, elle a dit : Écoute ça ! C'était un opéra. *Madame Butterfly* de Puccini. Il se souvient du titre, il a trouvé ça rigolo, « Madame Papillon ». Il y en a plein dans le jardin de Zazie, des papillons. De toutes les couleurs. Elle dit qu'il faut leur ficher la paix. Laisser les haies et l'herbe pousser. Les orties. C'est là qu'ils pondent. Elle a toujours quelque chose à lui apprendre. Les autres adultes sont toujours avares de paroles. Ils gardent tout pour eux, disent quoi faire, jamais pourquoi. Quand il a demandé à sa grand-mère pour quelle raison elle n'écoutait pas d'opéra, elle a levé les yeux au ciel, fait son geste de la main. Celui qui signifie *tu m'enquiquines*. Sa question ne méritait pas de réponse. Il ne méritait pas son attention. Ça l'a rendu triste. Quand il y repensera, bien plus tard, au volant de sa voiture ou dans une chambre d'hôtel, ce qui le rendra triste, c'est qu'elle ne se soit pas sentie suffisamment intelligente, cultivée ou disponible pour écouter la Callas interpréter Médée, Gilda ou Alceste.

Sa mère s'étend à côté de lui. Elle s'endort aussitôt. Son père est rentré finalement. A fui le réveil, a tout donné déjà. Nicolas revoit le corps de Thomas sur la civière. Le drap blanc sur son visage. Les cotillons sur le sol en béton. La boule à facettes tournant dans le vide. Il a envie d'ouvrir la fenêtre. Laisser la lune entrer dans la chambre. Mais l'étreinte de sa mère l'empêche de bouger. Comment dormir alors que la mort peut vous enserrer à tout moment, vous défigurer de ses griffes ?

Demain matin on le laissera aller dire au revoir à Zazie. On a décidé pour lui qu'il devait rentrer à la maison. C'est mieux. Elle sera déjà au courant pour Thomas. Les malheurs ne savent pas se taire. Dans le *salon de lecture*, elle cherchera un livre sur les rayonnages de la bibliothèque. Mais où l'ai-je mis ? Puis elle agitera ses petits bras potelés et, avec une infinie délicatesse, le posera sur le guéridon, à côté de lui. Prends-le. Un jour tu le liras, je le sais. Dans dix ans, dans vingt ans, peu importe. La vie en décidera pour toi. Tu te souviendras de ce salon, tu le verras plus grand qu'il n'est, parce que la mémoire déforme tout. Tu seras incapable de dire quel âge j'avais, mais tu te souviendras de cette robe fanée, de ce vieux châle que je ne quitte jamais, de ce parfum que tu trouves sans doute trop fort. Tu te reprocheras de n'être pas revenu me voir le jour où tu apprendras par hasard que je suis morte. Je ne t'en veux pas. Mais je serai heureuse de te voir quand tu viendras poser une rose blanche sur ma tombe. Je serai avec *mon* Charles, je te le présenterai. Il t'adorera, j'en suis certaine. Je préfère te savoir ailleurs, dans cette vie-là, loin de cette tragédie. Je suis une vieille coquette, une folle emmitouflée et encombrée de tout. Mais je n'y renoncerais pour rien au monde, à ma folie. Elle me rend plus vivante que la plupart d'entre eux. Rentre chez toi maintenant. La dernière chose dont tu aies besoin, c'est de consoler une vieille dame.

Personne ne lui a jamais parlé comme ça. Nicolas n'a pas tout compris, mais promet de revenir très vite. Il ne sait pas encore que c'est un mensonge. Son premier mensonge d'adulte.

1990

Nicolas a vingt-quatre ans et Sarah Vaughan est morte. Il pense à Zazie. La prophétie s'est accomplie. Sa grand-mère vieillit doucement dans sa maison de retraite. Il lui téléphone une fois par mois. Parfois davantage. Aujourd'hui il lui demande des nouvelles de son amie. Mais ça fait des mois qu'elle est morte et enterrée, ta Lucienne ! Pourquoi ne lui en a-t-elle rien dit ? Attendu que la terre soit sèche, le caveau cimenté ? Depuis cette chambre où tient toute sa vie, elle savoure sa victoire comme ces biscuits qu'elle grignote en cachette du personnel soignant. Elle est toujours vivante, elle. Elle s'accroche. Depuis son accident cardio-vasculaire, elle est ce cou autour duquel on attache un bavoir, ce corps que l'on glisse sous une table, que l'on pousse sous l'auvent quand le soleil montre le bout de son nez, ce goitre que l'on gave de pilules. Alors, non, elle ne se refuse pas cette rare sucrerie. Elle a tout de même survécu à une héritière Schlumberger.

Seul un *ah* étranglé parvient à s'extraire du fond de la gorge de Nicolas. Il fixe la tranche d'un livre sur l'étagère et espère qu'elle n'a pas souffert. La rivalité est tenace et l'orgueil se logerait dans un trou de souris, mais la voix cassée de son petit-fils désarme la vieille femme. La vie est tout de même parvenue à l'adoucir un peu. Non, *mon petiot*, elle n'a pas souffert, rassure-toi. Et j'ai prié pour son âme. Dix Je vous salue Marie. Son chapelet ne quitte plus sa poche. C'est son amulette.

Sa vie à lui aussi tient dans une chambre, comme si l'adolescence ne l'avait pas encore quitté. Quinze mètres carrés au sol, un lit, un frigo, une salle de bains minuscule. Et un bureau sur lequel il vient d'achever la rédaction de son mémoire. Il multiplie les petits boulots pour payer le loyer, la nourriture et ces études dont il ne parvient toujours pas à déterminer où elles le mènent. Il est caissier dans une supérette, télévendeur à l'occasion, barman s'il le faut. Ce sont autant de diversions possibles. De temps gagné sur des décisions qui s'imposeront bien assez tôt. Il n'est pas pressé de choisir un métier, un canapé ou une voiture. Il s'entoure avec la même frugalité. Il y a Irène, Serge et Vincent.

Irène l'attend en terrasse, au café qui fait l'angle. Ils se connaissent depuis le lycée. Leur lien ne s'est jamais défait de cette mue indécise. Ils lui conservent une estime un peu puérile et ne tolèrent rien qui puisse en amollir l'intégrité. Décevoir l'autre serait un crime de haute trahison. Elle n'est donc pas la sœur qu'il n'a jamais eue, pas plus qu'il n'est son meilleur ami. Irène n'a jamais rencontré les parents de Nicolas et n'y tient pas. Lui a vu une fois le père d'Irène, rentré plus tôt que prévu du travail alors qu'ils révisaient le bac sur la table de la cuisine. Je te présente Nicolas. Je l'aurais reconnu, avait-il répondu sans le regarder vraiment, sans que l'intéressé ne parvienne à savoir si l'évidence dont il était l'objet plaidait en sa faveur ou en exsudait la fadeur de la rencontre. Il savait dorénavant de qui elle tenait cette distance naturelle par rapport aux choses.

Irène est en couple avec Philippe depuis deux ou trois ans. Cela n'a rien changé entre eux. Ils le croisent parfois dans les couloirs du bâtiment Sciences humaines entre deux cours. Maîtrise de lettres modernes pour eux, thèse de sociologie pour lui. Philippe attrape la main d'Irène, sa taille, sa bouche. Il n'accorde pas un regard à Nicolas. Il ne l'aime pas. Sans raisons, si ce n'est celles qui nous éloignent de la quasi-totalité de l'humanité. Le manque d'intérêt ou de temps, une forme de snobisme, la possibilité de faire des choix. Cette indifférence augure du jour où, exaspérée par une réflexion anodine, vexée peut-être, elle ne donnera plus rendez-vous au café qui fait l'angle.

C'est à elle qu'il l'a dite la première fois, cette phrase qui donne le vertige. *J'aime les garçons*. Irène n'a su que répondre : *Tous ?* dans un sourire. Elle l'avait pourtant anticipé ce moment, mais avait imaginé une autre scène. Pas tout à fait une intimité, quelque chose de l'ordre du préambule. Pas ce café bruyant, pas cette fin d'après-midi trop semblable à une autre, les cheveux encore humides des eaux chlorées de la piscine municipale, la peau sèche, serviette et maillot de bain en boule dans le sac de sport devenu trop petit. Ces mots, elle pensait qu'il les ferait précéder d'autres, plus souples. *J'ai quelque chose à te dire. Il faut que je te parle*. Mais Nicolas n'avait pas transigé. Dutronc n'a jamais chanté « J'ai quelque chose à vous dire, j'aime les filles ».

Il a souri en retour. À ce *tous* en point d'interrogation qui ne voulait que fuir le pathos. Elle aurait pu surenchérir. Oui, bien sûr, elle le savait. Avait compris depuis longtemps. La projection de ce film en cours d'anglais. *My Beautiful Laundrette*. Le baiser entre Daniel Day-Lewis et Gordon Warnecke. Les rires nerveux de la classe. Les bruits de dégoût. Et Nicolas. Son regard figé. Le corps tout entier happé par la toile du vidéoprojecteur, l'obscurité de cette impasse dans laquelle deux corps d'hommes se fondent, s'absorbent, s'aimantent. Il était rentré chez lui directement après le cours. D'habitude, il l'attendait. Ils faisaient un bout de chemin ensemble, jusqu'à l'arrêt de bus, l'entrée du parc. Le lendemain, elle avait fait une courte tentative. Il était bien, ce film, non ? Mais Nicolas n'était pas prêt. C'était maintenant. Après le calvaire du vestiaire collectif. Les corps. Le professeur de sport qui, pour une raison inconnue, était là lui aussi, impudique, fier. Les tremblements. La gêne, monstrueuse. Oui, c'était maintenant. Cette phrase, il la dirait à d'autres. Mais elle n'aurait plus jamais cette intensité. Cette immensité. Aujourd'hui il en rit. Revoit l'adolescent maladroit et mélodramatique. Juge qu'il se donnait un peu trop d'importance. Dans dix ans, trente ans, peut-être davantage, ils auront oublié ces deux adolescents aux cheveux mouillés, renoncé à les entendre. Comme on doit accepter la perspective de la mort pour continuer à vivre.

Il parle de Zazie. Ou Lucienne. Il ne sait plus comment appeler cette femme qu'il n'a plus vue depuis l'été de ses quinze ans, le dernier qu'il a passé chez sa grand-mère. Après la mort de Thomas, la maison des voisins a été mise en vente très vite. Seul le père venait de temps en temps pour tondre la pelouse, aérer le salon avant une visite. Puis l'agence immobilière a planté un gros panneau avec marqué « Vendu ». Une autre famille de Parisiens est venue passer ses étés là. D'autres cris, d'autres bruits d'eau. Leur a-t-on dit qu'un petit garçon aux lunettes rouges était mort dans le sous-sol ? Plus personne n'a jamais revu Mme Moreau. Sa grand-mère a parlé d'une dépression, de médicaments, d'hôpital psychiatrique.

À mesure qu'il grandissait, Nicolas hésitait davantage à aller faire retentir la sonnette du presbytère, sa grand-mère lui rappelant régulièrement qu'on ne dérange pas les gens comme ça *pour un oui ou pour un non*. Lui-même prenait conscience que la place d'un garçon de son âge était de moins en moins dans les jupes d'une vieille femme vivant chaque jour un peu plus dans le passé et commençant à l'appeler Charles, ce qui ne présageait rien de bon. Il raconte à Irène l'unique déjeuner au Val-Richer, cette demeure familiale que Zazie lui avait présentée comme le théâtre de ses plus beaux souvenirs et où elle l'avait invité, l'été de ses quatorze ans, à la faveur d'une cousinade aux relents balzaciens. Dans ce que Zazie avait présenté comme *les communs* – seul bâtiment à même d'accueillir les cent vingt convives le long d'une interminable table nappée de blanc – s'était jouée une scène d'un autre temps, avec serveurs en livrée, défilé de plats dont il ignorait jusqu'à l'existence (asperges sauce mousseline, aspic de volaille, cailles rôties) et déluge de particules fanées et de bassesses, dont l'une inscrite en toutes lettres sur son marque-place, *Le petit invité de Mme Lucienne Burger*. Manière polie de lui signifier qu'il ne serait jamais qu'une ombre, un anonyme au cœur de cet entre-soi familial.

Ce qu'il avait ressenti comme une illustration de la décontraction avec laquelle la nature humaine humilie les faibles lui avait servi de leçon. Il n'en avait pas voulu à Zazie, à peine mieux considérée que son *invité* et restée muette sur le chemin du retour. Sans *son* Charles à ses côtés, elle n'était plus que cette vieille folle éprise de moutons, de poules naines et flanquée d'un gamin endimanché. Impropre à faire rayonner la lignée. Peut-être sa grand-mère l'aurait-elle jugée moins durement si elle avait vu la manière dont *les siens* ne lui adressaient la parole que pour lui signifier son début de démence, moquer ses petits travers. Alors, tante Lucienne, on collectionne toujours les appareils électroménagers ? Et vos poules, comment elles vont ? Je te parie qu'elle leur parle ! Elle serait mieux à l'asile, plutôt que dans ce presbytère où pourrait loger la famille tout entière !

Il était allé se coucher sans dîner, écœuré par les viandes en gelée, les meringues trop sucrées. Le lendemain midi, sa grand-mère avait sorti sa carte maîtresse : du foie de veau, subtil choix culinaire visant à lui faire payer la manière dont il avait trahi ses origines. Et n'avait pas vu le sourire se dessiner sur ses lèvres. Il avait terminé son assiette et en avait redemandé. Décidément, elle ne comprenait rien à cet enfant. Lui savait plus que jamais qui il était.

Derrière le jeune homme blessé, Irène revoit l'adolescent qui ne l'était pas moins. Celui qui se taisait lorsque le hasard les avait assis l'un à côté de l'autre en cours d'histoire-géographie. Ils avaient dix-sept ans, rentraient en classe de première A2 au lycée Augustin-Fresnel à Caen. Nicolas était interne, elle rentrait chez son père le soir. Il lui avait plu malgré son allure imprécise, ses gestes gauches, ses airs de petit animal prêt à sortir de son terrier pour vous sauter à la gorge. Ou peut-être pour ces mêmes raisons.

Ils retournent à une dernière relecture de leurs mémoires respectifs, ne s'embrassent pas. C'est un autre reliquat de leur pacte adolescent. Nicolas avale un sandwich et se met au travail sous le faisceau de cette lampe qui éclairait ses lectures d'enfance. Il relit, corrige, annote. C'est plus rapide que prévu. Il est prêt. Confiant. Ses doigts parcourent l'étagère au-dessus du bureau, s'arrêtent sur *Les Vagues* de Virginia Woolf. Quelle idée d'offrir ça à un gamin de douze ans ! Il n'est jamais parvenu à le finir et se demande ce qui est passé par la tête de la vieille femme. Est-ce Zazie ou Lucienne qui le conviait dans l'antichambre de sa folie ? S'est-elle rendu compte de ce qu'elle faisait ? Zola, Maupassant ou Sagan, il comprendrait. Mais Woolf ? Sa grand-mère a raison, elle devait quand même être un peu dérangée. Mais sa tendresse pour elle est intacte.

Il est minuit. Nicolas attrape le journal de petites annonces qui traîne au pied de son lit, le retourne et compose au hasard l'un des numéros figurant sur la dernière page. Il change à chaque fois, même s'il sait qu'on y entend sensiblement les mêmes voix. Hervé, vingt-huit ans. Jacques, cinquante-deux ans. Anthony, dix-neuf ans. Lui n'a jamais enregistré de message. Il ne veut pas être celui qu'on choisit, prendre le risque du refus et du silence. C'est lui qui appuie sur la touche. Sébastien, trente-deux ans (appuyer sur 9). Denis, quarante ans (appuyer sur 6). Les arguments se comptent en centimètres. S'il y réfléchissait à deux fois, tout désir serait tué dans l'œuf. Les intonations salaces, racoleuses, dégueulasses. Mais c'est ça ou les douves du château. Les pissotières. Les types qui sont là pour cogner. Ce soir il choisit Christian, trente-quatre ans (appuyer sur 2). Le message est concis, la voix posée. Ils ont quelques secondes pour se parler, se dire ce qu'ils cherchent, où se retrouver. Le type lui donne son adresse. C'est de l'autre côté de la ville, ils ne se croiseront pas à la boulangerie ou à la supérette où il travaille le dimanche matin.

Christian l'attend en bas de l'immeuble (pas question de donner son nom ou le code de l'interphone) pour l'inspection préalable. Il porte une chemise et un *jeans.* Des baskets bleues. Nicolas ne voit pas bien son visage. On ne se regarde pas dans les yeux. On se sonde dans l'obscurité. À la dérobée. Il le suit dans l'escalier, puis dans l'entrée de l'appartement. Tu veux boire quelque chose ? Non, pas pour l'instant, merci. Ne fais pas attention au chien. Nicolas ne voit aucun animal, pense que c'est un subterfuge. Une mise en garde. Je n'ai qu'un mot à dire et il te saute à la gorge. Il suit Christian dans la chambre, voit un peu mieux son visage malgré le faible éclairage de la pièce. Il pense : Corps OK, visage OK. Ils se déshabillent et s'embrassent, chacun le sexe dans la main de l'autre. Christian le pousse sur le lit. Il sourit. Nicolas se détend. Il y a un flacon de *poppers* sur le chevet. Il n'en a jamais pris, a envie d'essayer. Je peux ? Ils jouissent tous les deux très vite, puis restent allongés, yeux collés au plafond. Tu es étudiant ? Il se demande ce qui l'a trahi. Son tee-shirt défraîchi ? Sa coupe de cheveux ? Oui, en maîtrise de lettres. Il n'est pas censé en dire davantage, confondre politesse d'usage et confidence. Mais Christian s'intéresse. Je peux te demander quel est ton sujet de mémoire ? La figure de la maternité dans l'œuvre d'Albert Cohen, répond Nicolas, persuadé que le chapitre est clos. Je suis impressionné ! Encore un temps. J'aimerais bien te revoir. Pourquoi pas ! Je peux prendre une douche ?

Quand il ressort de la salle de bains quelques minutes plus tard, serviette autour de la taille, il aperçoit *Belle du Seigneur* sur le chevet, trouve ça touchant. Tu comptes me faire la lecture ? Je sais, c'est un peu ridicule, mais tu m'as donné envie de le lire. Une amie me l'a offert pour mon anniversaire il y a longtemps, mais je n'ai jamais le temps. Je ne lis pas beaucoup. J'ai douze heures de vol qui m'attendent, je vais lui trouver une place dans ma valise. Ce sera mieux qu'un mauvais film sur écran miniature. Tu pars en voyage ? Oui, Los Angeles, mais je serai de retour vendredi prochain. Si je te donne mon numéro de portable, tu m'appelleras ? Oui. Promis ? Promis !

Christian le raccompagne jusqu'à la porte d'entrée. Il y a bien un animal dans le canapé. Il le voit maintenant. Une sorte de chien de traîneau qui grogne sur son passage mais ne bouge pas. Il ne m'aime pas beaucoup, on dirait. Ne t'inquiète pas, il n'est pas méchant, juste un peu exclusif. Ils s'embrassent sur la joue.

La mention bien lui suffit. En octobre, il s'inscrira au concours sans savoir s'il fera un bon enseignant, mais ne se voit aucune autre perspective. Irène obtient les félicitations du jury et annonce le jour même à Nicolas qu'elle arrête là. Arrête tout. La fac de lettres, Caen, le café de l'angle. Elle suit Philippe en Suède. Cela fait cinq ans qu'il apprend la langue dans l'espoir d'aller terminer sa thèse aux côtés de Johan Asplund, un sociologue dont Nicolas n'a jamais entendu parler, pas plus que de ces cours de suédois, elle ne lui dit donc rien. Ils partent pour deux ans au minimum. Après on verra. Elle ne sait pas encore ce qu'elle fera là-bas – bénévole chez Greenpeace, cours d'orthophonie à distance, serveuse dans un coffee-shop –, mais sa décision est prise. Philippe est l'homme de sa vie, elle l'aime, et une occasion pareille ne se représentera jamais. Cet agrégat d'ambition et de renoncement laisse Nicolas silencieux, mauvais, pâle. Il ne craindra plus de la voir mourir sous ses yeux. C'est déjà ça. Il voudrait pourtant se réjouir pour elle. Se réfugier derrière un trait d'humour qui ferait passer le goût de l'amertume. Mais rien ne vient. Le silence s'épaissit, se nourrit de tout ce qu'il trouve sur son chemin, un peu de jalousie ici, un sentiment de trahison là, tout est bon. Le mur s'érige doucement sous leurs yeux. Irène tente de relancer la conversation une première fois. Puis une deuxième. Ses mots se brisent comme du verre. Les oreilles de Nicolas se sont bouchées. Ne filtre plus qu'un sifflement. Elle attrape une pièce de monnaie dans le fond de son sac, la fait claquer dans la coupelle en plastique, se lève et quitte le café où il pensait célébrer avec elle leurs mentions, l'été, lui parler de Christian, même si c'est encore un peu tôt.

Il est à peine vingt heures, ils ne sont que trois. Il n'y a pas Christian. Il se dit qu'il ne va pas tarder à attendre son appel, mais il a besoin d'autre chose, pas d'un moment tendre et complice. Ce sera Jean-Luc, quarante-six ans (taper 1). Il lui promet de le salir, le punir, lui faire mal. Jamais il n'a donné suite à une promesse aussi malsaine. Il prend son blouson. Allons faire la connaissance de ce Jean-Luc ! Il dit ça à haute voix dans la cage d'escalier.

Plus tard, il appelle Christian. Lui ment. Raconte qu'il a fêté sa maîtrise avec une bande de copains, trop bu, pas vu l'heure passer, il est désolé et va se coucher. Il entend la déception dans le silence à l'autre bout du fil. Et demain, tu es libre ? Nicolas espère qu'il ne verra pas les traces sur son dos. Avec quoi Jean-Luc l'a-t-il frappé ? Pourquoi est-il allé retrouver ce malade dans sa chambre d'hôtel *supérieure* ? Il avait tout du bon père de famille qui profite de ses déplacements en province pour faire dégorger sa frustration. Oui, demain. Ils se donnent rendez-vous à dix-sept heures chez Christian. Il prend une douche brûlante, se lave de cette journée puante, se demande s'il reverra Irène un jour, s'en veut d'être toujours blessé d'avance. Il l'appellera demain pour s'excuser, lui dira exactement ce qu'elle a envie d'entendre. Cela ne doit pas être si compliqué. Il n'a pourtant pas su soumettre sa peur du vide et songe que cet état a dû précéder bien des suicides, des ruptures d'anévrisme, des crises d'épilepsie, des vertiges abyssaux. Chez lui, rien d'autre ne vient que cette colère rentrée, mesquine, inepte.

Elle ne décroche pas le lendemain matin, mais lui écrira deux semaines après son arrivée à Göteborg. Elle dira la frustration de n'avoir rien anticipé (la langue, la nourriture, la météo, l'ennui, les journées sans *son* Philippe, lui-même accaparé par *son* Johan Asplund), analysera complaisamment la première réaction de Nicolas comme une prémonition. Dans un mois ou deux, elle adorera tout, son métabolisme se sera adapté, la ville l'aura adoptée, les journées seront trop courtes. Il lui reprochera de ne pas avoir l'humilité de reconnaître que c'est simplement son instinct de survie qui a pris le contrôle de son existence. Elle continuera de lui manquer.

Christian referme la porte de l'appartement comme si c'était celle d'une forteresse. Nicolas imagine un pont-levis, une baliste, des caponnières. Ils font l'amour dans des draps blancs, comme à l'hôtel. L'exemplaire de *Belle du Seigneur* trône sur le chevet, il n'a pas bougé. Ils boivent du champagne. Restent encore un peu au lit. Il n'a toujours pas appelé ses parents, s'en veut de préférer trinquer avec un inconnu. Ils vont dans un restaurant dont il ignorait l'existence, où l'on salue Christian comme un habitué. Nicolas observe la manière dont cet homme affirme qu'il est à sa place partout. Il suffit donc de le décider. Il surprend le regard d'un serveur qui a dû connaître le parfum des draps blancs. Ou s'y glisserait volontiers. Son sourire manque de subtilité. On leur sert d'autres coupes de champagne. On le regarde à son tour. Christian lui a prêté une chemise blanche. Un peu de sa vie aussi. Ils parlent de leur enfance, des déplacements professionnels de l'un, des projets de l'autre. Sur le chemin du retour, il s'attend à être renvoyé dans sa mansarde. J'ai passé une excellente soirée, à une prochaine fois peut-être ! Mais ils retournent dans le grand appartement. Le chien salue son maître, boude l'invité. Ils ont trop bu pour faire l'amour et s'endorment comme un couple. Nicolas se réveille le premier. Il ne trouve pas le café, inspecte l'appartement. Il n'y a pas le moindre grain de poussière sur les meubles, pas de désordre sur les étagères, pas de photos aux murs. Rien n'existe. Il se fabrique sans mal des repères dont il ignore ce qu'il fera après. L'emplacement d'un interrupteur, la couleur d'un mur, le chien qui ne bouge pas du canapé.

Christian le chasse à regret. Il prend un avion en fin d'après-midi, a des choses à faire, des gens à appeler, une valise à préparer, une vie à vivre. Il dit : Je t'aime bien. Nicolas se demande quel genre de monstre peut passer aussi facilement des coups de l'un aux caresses de l'autre.

Il a dormi tout l'après-midi et se réveille dans cette chambre d'étudiant que l'été rend minuscule et presque insulaire. Il se décide à appeler ses parents, s'en veut de ne pas l'avoir fait plus tôt, leur ment comme à Christian, prétexte une fête qui n'a jamais eu lieu. Ils sont fiers. Émus à leur manière. Avec modération. Ils ne savent pas où tout cela mène leur fils. Ils auraient préféré le voir en BTS ou en DUT, comme Marc. Lui gagne déjà sa vie. Elle n'avait qu'à faire un deuxième enfant. Il pense ça mais laisse le silence répondre pour lui. Pourquoi tu ne viendrais pas nous voir ? Ton père est en congés cette semaine. Il n'a pas de mensonge en réserve. Le patron de la supérette n'a pas besoin de lui avant plusieurs jours. Ils l'attendent pour déjeuner demain. Inutile de venir le chercher, il prendra le bus, celui qui déverse ses passagers au bout du chemin. La seule perspective de partager le silence de l'habitacle avec son père lui rend celle de l'autocar plus désirable. Dans un sac, il jette quelques affaires et ces cent vingt pages que personne ne demandera à lire, éteint la lumière, ferme la porte à clé. Avant d'aller se noyer dans le paysage de son enfance il a besoin de se glisser dans la nuit. Il rejoint Serge et Vincent. Sait où les trouver.

Quand le bus repart dans un nuage gris d'hydrocarbure, il s'attend à voir Doris au volant de sa Mini. Elle l'invite à se serrer près de Marc sur le siège passager. Le cocker s'agite à l'arrière. Mais il n'y a que le chemin creux, les ronces qui escaladent le fossé, le panneau rouge et blanc qui ne l'est plus tout à fait. L'intersection n'a jamais si bien porté son nom. Il prend une profonde inspiration avant de parcourir les trois cents mètres qui le séparent de la maison. Sa mère sur le pas de la porte. Son père qui se lève du canapé au dernier moment, renâcle à dériver les yeux de l'écran, toute diversion bonne à prendre. Une joue tendue, l'autre repartie déjà. Un coup d'œil rapide à l'enfant qu'il faut bien désormais appeler un homme. Tu as l'air fatigué. On boira le champagne ce soir. Nicolas a déjà envie d'aller s'étendre sur son lit, mais il avale les crudités, le poulet rôti, la tarte aux poires, le mug de café. Les mazagrans ont été relégués en seconde ligne. Le reste n'a pas changé. La conversation aussi, ce sera pour ce soir. On grappille quelques mots. On distille les nouvelles du bout des lèvres. On inventorie. Vous saviez pour Mme Burger ? Oui, ils savaient. Mais eux non plus n'ont pas jugé nécessaire de décrocher leur téléphone. À croire qu'il pèse des tonnes. On allait bien finir par te revoir de toute façon. Ça ne l'aurait pas ressuscitée. Et puis, on ne pensait pas que tu te souvenais d'elle. Ils n'ont jamais compris ce qu'ils pouvaient bien trouver à se dire, ces deux-là. Quel plaisir on prend à passer des après-midis entiers avec un gamin de douze ans. Pendant ce temps-là, la grand-mère se faisait du mouron. Tu l'as appelée d'ailleurs ? Oui, c'est elle qui lui a appris pour Lucienne. Demain il ira sur sa tombe. Celle de ton grand-père aussi ?

Le lit est fait mais la chambre n'a pas été aérée avant son arrivée et recrache en un écœurant pot-pourri des odeurs dont il a mis des années à se débarrasser. L'antimite qui roule dans les tiroirs vides de la commode, l'humidité des murs, les livres de poche jaunis par le soleil, les crayons de couleur toujours dans leur pot, l'adoucissant. Un jour peut-être, il caressera la couverture synthétique, l'alignement de peluches sur le lit, le mélaminé du bureau, les figurines, l'ourlet du rideau. Alors la nostalgie lui serrera le cœur et lui asséchera la gorge, il se jettera sur le lit devenu trop petit comme on étreint ceux qu'on pensait ne plus jamais revoir. Pour l'heure, il a envie de tout mettre au feu. Pourquoi n'a-t-on pas laissé cette pièce faire le deuil de son enfance ? Il aurait préféré la trouver envahie de caisses en plastique, d'un atelier de couture ou de mécanique, s'entendre dire que l'on a dû faire de la place, donner ses jouets, jeter ses cahiers ou ce sac US qui pend artificiellement derrière la porte. Mais non, on a pris soin d'imaginer cet écomusée morbide. Après tout, c'est sa faute s'il n'y aura plus jamais d'enfants dans cette maison. Personne ne lui reproche rien. On avait besoin de ce petit mémorial, c'est tout.

Il entasse les peluches dans les tiroirs de la commode, a le sentiment de prendre leur place sur le lit. Les cadavres de son enfance sont plus légitimes que lui entre ces murs. Un verre de vin l'aurait aidé à dormir. Le lit est trop petit. Trop mou. La sieste tourne court, il propose à ses parents d'aller faire une promenade à vélo. Il a envie de sentir l'air sur son visage. Sa mère préfère rester dans sa cuisine. Pédaler, elle n'a jamais beaucoup aimé ça. Son père lève les yeux au ciel comme si on lui avait proposé de jouer à un-deux-trois-soleil ou faire une course en sac. Passer du temps ensemble ne signifie rien d'autre. Il regonfle les chambres à air et graisse la chaîne d'une vieille bicyclette, la seule qui soit à sa taille. Sans doute celle de sa grand-mère, mais il ne la reconnaît pas. Les premiers mètres lui électrisent les mollets, le guidon est lourd, comme cimenté. Puis le vent tiède fait son œuvre. Nicolas laisse la pente le guider, bercé par le cliquetis du pédalier, le chant des rayons, le grincement du cadre. Le soleil miroite dans le feuillage, les gravillons crissent sous les pneus comme des grains de maïs dans une casserole, les haies vives ne sont bientôt plus qu'un trait pastel qui s'étire, se fige, s'agite à nouveau, battu par les poteaux électriques, les entrées de champs, les voitures mal garées, les portails derrière lesquels roquets et mastodontes gueulent à l'unisson. Depuis quand ne s'était-il pas senti aussi apaisé ? Pourquoi n'ont-ils pas voulu l'accompagner, se laisser eux aussi gagner par cette bête ivresse ? N'y a-t-il donc rien qui puisse les unir sinon l'ennui, cette drôle de gêne, ces regards par en dessous ?

Il se retrouve devant le presbytère sans s'être avoué que c'était là qu'il allait. La basse-cour a disparu. Aux chèvres et moutons, les nouveaux propriétaires ont préféré bancs prétentieux, buis taillés et hydrangéas. La voiture est immatriculée en Belgique. Nicolas croit se souvenir que la fille aînée de Lucienne vivait à Bruxelles. Il agite la cloche sans trop réfléchir à ce qu'il va dire ou comment se présenter. Elle doit avoir le même âge que lui, a des taches de rousseur comme Thomas. Pourquoi leurs deux visages se superposent-ils ? Elle porte une robe à fines bretelles, sa peau a déjà trop pris le soleil. Il la trouve jolie, s'excuse d'être là, avec son biclou d'un autre temps, ses joues en feu, son souffle court. Il est redevenu ce gamin qui rôde derrière la haie. Oui, bien sûr, elle se souvient. Grand-mère chantait tes louanges en permanence ! Ça nous contrariait un peu mes frères et moi.

Elle sourit pour lui signifier que la hache de guerre a depuis longtemps été enterrée. Je suis avec maman, tu veux entrer ? Il ne veut pas déranger. Elle casse sa main avec élégance en signe de dénégation. Il songe qu'il faut avoir acquis une sacrée confiance en l'existence pour dire *maman* devant un parfait étranger.

Il ne se souvenait pas que la cuisine était si sombre. Zazie laissait les lampes allumées du lever au coucher, oubliait parfois de les éteindre. Il y en avait partout, de toutes les formes, de toutes les hauteurs. Il retrouve leurs silhouettes familières, leurs abat-jour festonnés, leurs pieds faïencés. Elle s'entourait de toutes sortes de créatures pour étouffer l'absence. Des boîtes, des cartons et encore des boîtes. Elle aurait fait des piles jusqu'au plafond si ses petits bras potelés l'y avaient autorisée. Une Babylone contrariée. La mère lui tend une main cauteleuse. Se demande ce qu'il fait là. Elle se le demandait déjà il y a douze ans. L'invité précoce est devenu visiteur tardif. Il regrette d'avoir sonné, laissé le vélo de sa grand-mère le conduire jusqu'ici. Il aurait dû se contenter d'un coup d'œil au jardin, il aurait compris que rien ne s'y prête au pèlerinage. Elle l'interroge sans le regarder. Veut-il savoir ? Il n'aurait rien osé demander. Il ose à peine être là. Elle lui propose de s'asseoir. Il retrouve cette chaise qui lui semble soudain plus loisible que sa chambre d'enfant. Elle aussi dit *maman*. Maman est allée mourir en Suisse. Maman a refusé l'opération et tout organisé toute seule. *Elle a pris ses dispositions* (ses doigts font des guillemets dans l'air, Nicolas n'a jamais vu faire ce geste, il le fera sien comme le *bonjour* de la star anglaise). Ça a été très dur pour toute la famille. Vous êtes jeune, vous ne pouvez pas encore comprendre, mais rien ne vous prépare à cette violence. Cet abandon. Oui, abandon, c'est le mot. Et cette mise en scène ! Savez-vous ce qu'elle a exigé ? Que l'on mette ce morceau, cette valse de Debussy. Comment s'appelle-t-elle déjà ? Zut, je l'ai sur le bout de la langue ! Nicolas, que les propos de cette femme indisposent chaque seconde un peu plus, s'empresse de lui souffler la réponse. Ça alors, vous étiez au courant ? Je savais juste l'importance de cette musique pour elle et votre père. Elle racontait ça à un gamin de douze ans ? Mais que j'ai honte ! C'est terriblement malsain ! Nicolas songe qu'il aurait dû venir avec sa mère : elle se serait fait une nouvelle copine. Il lui tarde de quitter ces murs où la voix de son amie est devenue impénétrable.

Il passe la maison de sa grand-mère, celle de Thomas, les allées du cimetière, le lavoir abandonné aux algues, aux mousses et aux rameaux. Il a le soleil dans les yeux, les jambes molles, douloureuses. Il s'écorche le tibia sur une pédale, déraille, peste contre les bagnoles qui roulent trop vite, les clébards qui jappent derrière leurs barrières. Arrive enfin. Ne remarque pas la voiture devant le garage. Ouvre la porte et ne reconnaît d'abord que ses yeux, à peine son sourire. Rien d'autre. Il n'y a qu'ici qu'il aurait pu le reconnaître. Marc assis à côté de sa mère dans le canapé, soudé à elle comme le second fils dont elle n'a pas voulu. La bouteille de champagne entamée sur la table basse. Regarde qui est venu nous annoncer la grande nouvelle ! Il voudrait faire demi-tour, être resté dans sa mansarde, laissé pour mort dans un fossé ou une chambre d'hôtel *supérieure.*

Sa réaction est absurde. Puérile. Disproportionnée. Mais il ne la choisit pas. Elle le saisit. Je vous laisse entre vous ! Il disparaît dans le couloir, ne claque tout de même pas la porte de sa chambre, balaie la pièce du regard, s'assure qu'il n'oublie rien, attrape son sac, écarte les deux anses. Son mémoire n'est plus là. Elle n'a quand même pas osé ! Il retourne dans le salon, le regard noir, aperçoit ses cent vingt pages sous les ramequins, les biscuits feuilletés au fromage. Ils en ont fait un dessous-de-plat. Sa mère s'étrangle, entre incompréhension et indignation. Nicolas s'avance, envoie valser les feuilletés, les ramequins, la télécommande. Il reprend son bien, l'enfourne avec rage dans son sac. Quel besoin avait-elle d'aller lui montrer ça ? Fouiller dans ses affaires ? Ils y comprennent quoi d'abord ? Marc est livide. Nicolas refuse de lui rendre son regard. Vous boirez à ma santé !

De justesse il attrape le bus de dix-huit heures trente. Il y a un couple d'adolescents dans le fond, quelques personnes âgées à l'avant, collées au conducteur. Nicolas s'écrase de tout son poids sur le premier siège libre, rouge d'avoir couru, du spectacle qu'il vient d'offrir, des plates excuses que sa mère est en train de servir à Marc. Il est temps de se débarrasser de ce gamin blessé. Mais suffit-il de le décider pour qu'il disparaisse de lui-même, aussi vite qu'une journée d'été ? Cet été qui étire tout, les ombres, les souvenirs, les paysages déjà prêts à faner.

2004

Nicolas a trente-huit ans et va vivre son dernier été avec Christian. Il a commencé à inventorier les étapes présageant le lent effacement de leur amour mais leur prête encore une attention distraite. Pour lui les vacances viennent de commencer, il a donné ses derniers cours, corrigé les épreuves du bac, fait passer les oraux et pris ses quartiers dans la maison de la plage. Chaque année, il y attend que Christian boucle ses derniers dossiers avant de faire une pause estivale qui oscille entre trois et quatre semaines.

Le 3 janvier dernier, un Boeing 737 de la compagnie égyptienne Flash Airlines s'est abîmé en mer Rouge, au large de Charm el-Cheikh. À son bord, cent quarante-huit passagers, dont cent trente-quatre Français. Parmi eux, Richard, le patron et meilleur ami de Christian, son épouse Stella et leurs trois enfants. Ce drame a plongé le couple dans un abysse dont il n'a toujours pas touché le fond.

Christian et Richard travaillaient ensemble depuis près de vingt ans. Issus de la même école de commerce, ils ont d'abord fait leurs armes chacun de leur côté. L'un à Paris, l'autre à Bordeaux. Richard a toujours été le plus brillant des deux sans que cela entrave en rien ni leur amitié ni leur relation professionnelle. C'est à lui que Christian a présenté Nicolas en premier, un soir d'octobre 1990. Cela faisait déjà quelques mois qu'ils ne se quittaient plus, hormis lors des déplacements de Christian. Nicolas abandonna sa chambre d'étudiant peu après et commença à préparer son concours dans le grand appartement. Comme s'il avait été validé. La soirée de présentation s'était donc bien passée. Il avait trouvé Richard d'une beauté animale. Le genre d'homme dont on a envie d'enfiler la chemise blanche au petit matin, une tasse de café à la main. L'amitié qui unissait les deux hommes l'avait fait grandir d'une manière fulgurante. Lui qui abandonnait à regret ses derniers oripeaux d'adolescent entrevoyait la puissance d'une amitié certes façonnée par la rivalité, mais affûtée comme une lame en acier trempé. Inoxydable. La jalousie qu'il en éprouvait parfois était systématiquement éteinte par les regards enamourés de Christian, les cadeaux qu'il lui rapportait de ses voyages, ses appels téléphoniques quotidiens quel que soit le décalage horaire, la manière dont ils faisaient l'amour, la rapidité avec laquelle il lui avait proposé d'emménager avec lui dans le grand appartement.

L'ambition des deux amis fut un moteur pour Nicolas. Il ne serait jamais comme eux, un directeur commercial, marketing ou général. Mais il serait un enseignant impliqué, sûr de son utilité et de ses responsabilités. Richard rencontra Stella au printemps suivant. Le trio devint quatuor mais échoua à devenir quintet après la naissance du premier enfant du couple. Les soirées commencèrent à s'espacer. Nicolas et Christian nourrirent une forme de ressentiment vis-à-vis de la *petite merveille* dont les nuits erratiques accaparaient le jeune couple et ses conversations, rendues monothématiques par la force des choses et la fatigue. Lorsqu'ils prirent conscience de leur égoïsme et leur manque de patience, il était déjà trop tard. Une paroi s'était formée, une distance s'était installée. Dans l'interlude, Richard et Christian prenaient respectivement les directions générale et commerciale de la plus grosse entreprise agro-alimentaire de la région. Stella donnait naissance aux jumeaux, Nicolas se surinvestissait dans sa première année en tant que titulaire.

La résonance du crash s'étendit bien au-delà de la sphère professionnelle. Il y eut d'abord la stupeur de ce matin du 3 janvier. L'annonce radiophonique de l'accident. Le téléphone qui sonne presque aussitôt. Sans faire le moindre lien entre les deux événements, Nicolas baisse le volume de la radio, décroche, tend le combiné à Christian, qu'une voix blanche réclame à l'autre bout du fil. La décomposition immédiate de son visage. Nicolas qui ne comprend toujours pas. Ils ignoraient que Richard et Stella étaient partis réveillonner au soleil avec leurs trois enfants. Ils pensèrent immédiatement que, dans une autre vie – celle dont ils auraient été à la hauteur –, leurs corps feraient partie des lambeaux que la police égyptienne était en train de repêcher parmi les restes de carlingue, valises et plateaux repas que l'on allait servir dès que le Boeing aurait atteint son altitude de croisière. Ils pleurèrent donc d'abord sur eux-mêmes, leurs vies épargnées par le refus de petites mains mortes sur le tissu clair de leur nouveau canapé. L'étreinte fut longue, silencieuse, douloureuse. Déjà Christian fixait autre chose. Un point imaginaire, un nouvel horizon, un non-sens. La vie sans Richard. L'impossibilité de revenir en arrière, de frapper à la porte de cette chambre où Stella se reposait après avoir donné naissance aux jumeaux. Les bras chargés de cadeaux. La surprise dans ses yeux, le sourire immense, les bras qui s'ouvrent, Richard qui se lève du fauteuil, toujours aussi beau malgré son visage et sa chemise blanche froissés par une nuit sans sommeil. Épuisé mais heureux.

Christian se libère de l'étreinte. On l'attend au bureau. Il va falloir annoncer la nouvelle aux équipes, aux partenaires, à l'actionnaire, aux clients, aux fournisseurs, répondre à la presse, rassurer la terre entière alors qu'il ne voudrait que s'enfermer dans la chambre, y pleurer son ami, son frère. Son amour de jeunesse peut-être.

La maison de la plage date des années quatre-vingt. L'une des dernières ayant obtenu un permis de construire sur cette plage du Débarquement. Les voisins sont rares, la vue imprenable. L'agent immobilier ignore pourquoi les propriétaires de l'époque ont opté pour ce toit de chaume, mais cette fantaisie vernaculaire exacerbe l'enthousiasme de Christian lorsqu'il gare la voiture dans l'allée en Y. Une élingue qui pointe la bâtisse comme le doigt d'un enfant désignerait naïvement l'avenir. C'est un matin de février 1998. À la radio, la star anglaise chante « La Gadoue » et la météo est à l'avenant. Christian est d'excellente humeur, fredonne au rythme des essuie-glaces : *Du mois de septembre au mois d'août, faudrait des bottes de caoutchouc.* Il a un pressentiment. C'est la bonne cette fois-ci ! Des mois qu'ils cherchent. Nicolas, lui, a la certitude que Christian le trompe depuis plus longtemps encore.

Depuis son emménagement dans le grand appartement, Nicolas n'a jamais cessé d'être le petit garçon qui cherche son nom sur un bristol dans les *communs* du Val-Richer. Toujours prêt à être démasqué, éconduit, chassé. Même si son salaire de fonctionnaire ne participe que modestement aux dépenses du couple, son amour pour Christian ne s'est jamais dissous dans une semaine de vacances aux Maldives ou un week-end de shopping avenue Montaigne. Il n'a aucune curiosité pour le montant du salaire de Christian, son portefeuille d'actions, son treizième mois, tout autre bonus qui viendrait grossir son compte en banque. Seule importe pour lui l'assurance que ces acquêts font rejaillir sur l'homme qu'il aime. Il n'a pas besoin de connaître les ingrédients pour apprécier la recette. Est même parvenu à se persuader que son équilibre reposait sur cette part d'ignorance. Elle l'exempte. Mais Nicolas a trente-huit ans. Trop de décisions lui ont échappé. L'autorité naturelle de Christian a présidé à tous les choix. Il est le bailleur de fonds de leur union. Et s'il le quittait demain ? Cette maison, ils l'ont donc achetée tous les deux. Christian a mis du temps à comprendre pourquoi ce *détail* était si important aux yeux de Nicolas. Trouvait ridicule qu'il emprunte et s'endette alors qu'*ils* avaient l'argent. Il ignorait le goût amer que laisse le sentiment d'être l'usufruitier de sa vie conjugale.

À quatre-vingt-douze ans, elle continue de s'économiser et refuse désormais de répondre au téléphone. Une pensionnaire de la maison de retraite est morte en pleine conversation téléphonique avec sa petite-fille. La grand-mère de Nicolas y a vu un avertissement. Ces téléphones à touches sont des suppôts du diable, truffés d'ondes (comme les fours du même nom) et de substances cancérigènes ! La pauvre femme a succombé à un infarctus à l'âge de quatre-vingt-dix-neuf ans, mais la grand-mère ne veut rien savoir. Quiconque souhaite avoir de ses nouvelles doit dorénavant se présenter à l'accueil, le samedi après-midi de préférence, idéalement vers quinze heures trente, après sa sieste. Nicolas se contente du bulletin de santé fourni par ses parents deux fois par mois, régulièrement assorti d'un *elle nous enterrera tous* qui n'arrangerait personne, mais constitue une possible transition vers un autre sujet de conversation ou la fin de celle-ci.

Sa maison de retraite, elle n'en sort plus du tout. Ça la fatiguerait trop. À tant vouloir durer, elle ne fait que prolonger l'ennui, n'a pas assisté à une fête familiale depuis plus de dix ans et n'a pas la moindre idée de l'endroit où vit – ni avec qui – son petit-fils. Il aurait pourtant aimé qu'elle voie la maison de la plage. Dont il sait qu'elle fait toujours forte impression sur ses visiteurs. Depuis les baies vitrées du salon, on ne voit rien d'autre que la mer. Le ciel et la mer. Il lui montrerait les allées du jardin qu'il vient de nettoyer, les argousiers qu'il vient de tailler, les volets qu'il vient de repeindre, sa vie qui n'est pas le désastre annoncé. Il l'installerait sur la terrasse, à l'abri du vent. Prendrait soin de bien l'enrubanner pour qu'elle ne s'enrhume pas, un châle sur les épaules, l'autre sur la tête. On n'y verrait que du feu.

Christian le rejoint à la fin de la semaine. Il profite de ces quelques jours pour travailler sur le programme de la rentrée. Hier soir, il a invité quelques collègues à dîner. Ceux qui ne trouvent rien à redire à cette maison qu'aucun autre professeur de lycée ne pourrait s'offrir. Ils sont trois. Il y en a toujours un pour lui dire qu'il a quand même *tiré le gros lot*, souvent sur le pas de la porte, juste avant de partir. Et Nicolas sourit. Oui, il a de la chance. Mais il sait également que si Christian ne lui a pas téléphoné hier soir, ce n'était pas seulement pour ne pas interrompre sa *soirée entre collègues*. Il ne va pas tarder à l'appeler, surjouera la mauvaise humeur des dernières heures avant les vacances. Nicolas ne lui demandera pas s'il a passé une bonne soirée. Il entendra battre le tambour du lave-linge. Le programme court. Celui qui fait taper la machine contre la cloison de la buanderie et suffit pour un drap-housse et une paire de taies d'oreiller.

Longtemps Nicolas ne connut qu'une rivale. Impitoyable mais loyale. Il l'affrontait en duel dans la brume du matin quand un avion, un train ou un rendez-vous lui volaient les bras de son amant. Il apprit à connaître la puissance de son armée : salons, réunions de crise, marketing, commerciales, contrôles qualité intempestifs, conventions, interviews, clients à séduire, nourrir, divertir. Les premiers temps, l'adversaire s'était retirée de la pièce pour les laisser à leur histoire naissante. Christian déléguait un rendez-vous, il levait le pied, s'octroyait un lundi, étouffait la sonnerie du réveil, décalait son vol ou achetait un second billet. Mais la bête ne supporta pas longtemps la mise à pied, elle avait des années de pratique derrière elle et les effets secondaires d'une drogue dure : manque, frustration, irascibilité. La parenthèse se referma d'elle-même. Silencieusement. Nicolas accepta le ménage à trois. Cette soif de réussite n'était finalement qu'une énergie de vie. Elle finançait le grand appartement, payait l'addition au restaurant. Surtout, elle arrimait un puissant sourire sur le visage de l'homme qu'il aimait.

Aussitôt rassasiée, cette rivale lui manqua. Car celle qui lui succéda empruntait autant au léopard qu'au renard. Domptée jusqu'alors, elle ne connaissait aucune règle. Elle surgissait à tout moment, lâche, fourbe, désinvolte. Hautaine parfois. Sanguinaire souvent. Peut-être les deux procèdent-elles de la même peur. Celle d'échouer, de disparaître, d'admettre son insuffisance. Il existe rarement une seule réponse. Et, rapidement, il fut impossible de formuler la moindre question. Car Nicolas refusa de reprendre les choses là où ils les avaient laissées, aux confins de cette adolescence de mendiant. Il l'avait assez vu ce gamin pleurnichard et inconsolable, cette petite chose blessée et inquiète qu'il avait fini par abandonner au fond d'un ravin. Alors il accepta la nouvelle venue. L'incertitude de tout. Et son amour, loin de se renfrogner, devint son arme à lui. La seule qu'il pouvait brandir, carapace molle mais infaillible. La seule qui puisse le protéger de l'épidémie, la frustration, la trahison. Combien sont-ils ? Christian les revoit-il ou s'interdit-il la réitération ? Il n'existe aucun portrait-robot de la menace. Elle est insaisissable, fuyante, plurielle. Elle est sourire, geste, absence. Elle est insomnie, débâcle, peur.

C'est le premier été qu'ils vont passer dans la maison de la plage. Nicolas appréhende un peu. D'ordinaire, ils partent trois semaines au soleil. Christian réserve des suites climatisées, des transats alignés sur des plages privées au sable peigné. À ces longs voyages dont on revient fatigué, le corps mordu par un soleil trop ardent, Nicolas préfère la langueur un peu fade de sa côte normande, les nuits fraîches, la foule mesurée. Christian, lui, adore nager dans des eaux cristallines, rêve de Grande Barrière de corail, de bateaux menant à la plus belle crique de l'île, de langoustes grillées sous des parasols en canne africaine. Mais comment aller se baigner dans ces eaux où pourrissent des carlingues de Boeing 737 ? Ils n'ont pas eu besoin de parler de leurs cauchemars respectifs, ces nuits peuplées d'ailes éventrées, de réacteurs enflammés, de corps recrachés par l'océan. Un soir, l'un a dû dire qu'il était trop tard pour réserver dans cet hôtel qu'ils avaient repéré. L'autre a acquiescé. Et le sujet fut clos. Ils vont rester là, dans cette maison sans diversion, mais sans cadavres à affronter. Deux rocking-chairs sur la terrasse en bois, une glycine pour l'ombre. Le ressac, l'engourdissement. Voilà ce que Nicolas espère. Que l'été va les engourdir.

Lorsqu'il devine la silhouette du passager, il pense voisin, autostoppeur, accident. Il pense contretemps. Il termine son roman sur la terrasse en bois qu'il plante comme le décor de ces vacances. Ils en profitent si peu d'habitude. Il s'est installé il y a un peu plus d'une heure, profitant de la douceur de la fin de journée. Christian est le premier à sortir de la voiture. Il regarde vers la maison, mais pas en direction de Nicolas. Son visage est neutre. Il attrape sa sacoche et son blouson sur le siège arrière. L'homme qui l'accompagne sort à son tour mais ne regarde pas la maison. Il extrait un sac du coffre. Nicolas observe la scène sans comprendre ce qu'il regarde. Il a posé son roman sur la table. Il n'a jamais vu ce garçon. Un collègue que l'on vient de quitter et auquel Christian a proposé de venir passer une nuit ou deux dans la maison de la plage, le temps de digérer ? Mais pourquoi n'a-t-il pas prévenu Nicolas ? Il y aura à manger pour trois, ce n'est pas le problème, il a toujours vu large avec les quantités. Mais Christian aurait quand même pu le prévenir. Il a l'air d'un touriste dans sa propre maison, ça le met mal à l'aise. Il n'est plus si détendu. Le reste de la scène est au ralenti. Les quelques marches qui mènent à la terrasse en bois semblent infinies. Elles sont deux cents. Trois cents peut-être. Le visage de Nicolas a renoncé à taire son incompréhension. Son effarement à venir. Ça y est, ils sont là, face à lui. Il est resté assis. Cela fait une semaine qu'il est là, seul. Il était impatient de retrouver Christian mais aurait pu profiter quelques jours encore de sa solitude. Il n'en a pas fait le tour. Les présentations sont brèves. Il s'appelle Jef. Il va rester quelques jours. Dormira dans la chambre d'amis. Nicolas se sent comme le petit garçon venu acheter des bonbons et auquel une star anglaise vole la vedette. Il a horreur des scandales et des couples qui règlent leurs comptes en public. Sa main serre celle de Jef mais leurs regards refusent de se croiser. Le garçon n'a pas trente ans. Peut-être vingt-cinq. Il a de longs cils. Nicolas a envie de se draper dans quelque chose. Il a froid maintenant. Pas un mot n'est sorti de sa bouche et il ne se souvient pas avoir embrassé celle de Christian.

Pourquoi ne hurle-t-il pas et ne les met-il pas dehors tous les deux ? Il n'en a pas la moindre idée. Il cherche à comprendre pourquoi on lui impose ça. Cette scène ridicule. Humiliante. Voilà dix minutes qu'ils sont montés et Nicolas est resté sur le fauteuil de la terrasse. Paralysé. Il est sur le point de se lever pour aller chercher quelque chose à boire quand il sent sa présence derrière lui. Il n'a pas besoin de se retourner. Il sait qu'il est là à l'observer, prêt à moduler le son de sa voix. Il sait ce qu'il va lui dire. Bien sûr qu'il le sait. Mais il ne sait pas quel son sa voix va produire. Alors il reste dans l'embrasure de la porte, ni dehors ni dedans. Comme ces hommes d'affaires qui goûtent bruyamment le vin qu'ils viennent de commander, se gargarisent, le visage déformé par leur expertise de pacotille, et dont on ne sait pas s'ils vont finir par l'avaler, leur fichue gorgée, ou la recracher au visage du serveur. Et puis les mots sortent finalement. Il a décidé de recracher. C'est le garçon avec lequel j'ai passé la nuit.

Il y aurait tant à répondre. En quoi cela explique-t-il sa présence dans leur maison, le premier soir des vacances ? S'il ne pouvait se résoudre à le quitter, il fallait inventer quelque chose, un contretemps qui l'aurait obligé à décaler son arrivée au lendemain. Nicolas aurait gobé le mensonge. Depuis la mort de Richard, il n'est pas très regardant. Mais non, il a fallu qu'il l'amène ici. Au cas où il n'imaginerait pas à quoi ressemble le besoin de séduire. Est-ce un trophée, un avertissement ou un couperet ? Il ne trouve rien à répondre mais sa lucidité est étrangement intacte. Il songe que leur couple, cette chose qui se dit insubmersible mais ne vainc jamais sa faiblesse, encombre désormais Christian au point de le prier de bien vouloir l'éviscérer, là, sur le revêtement de cette terrasse dont le choix leur a un jour semblé la chose la plus importante au monde. Tout devait être parfait : l'essence du parquet, la couleur du mobilier, le tissu des coussins. Comme on se leurre. Comme on s'ennuie. Comme on s'oppose sur des choix qui n'en sont pas, alors que l'on finit toujours par essayer de reproduire le visuel de la publicité, le rayon de soleil, les enfants qui sourient, le chien dans le coin, la promesse intenable. Du teck ? Excellent choix, messieurs, vous ne le regretterez pas ! Le nôtre est garanti à vie.

Il lui répond ça. Il lui répond : Christian, je ne sais pas à quoi tu t'attendais, des cris, mon indifférence ou que je propose de vous rejoindre dans la chambre. Je n'en veux pas à ce garçon, qui a dû trouver ça excitant ou amusant de débarquer avec toi dans notre maison. Je ne t'en veux même pas à toi, que tout aveugle depuis la mort de ton meilleur ami. Je préfère ma place à la tienne. Je te plains de croire que j'avais besoin de ça pour… pour quoi d'ailleurs ? Partir ? Te mettre dehors ? Ne compte pas sur moi. Ni pour la crise d'hystérie ni pour le pardon que tu ne me demandes même pas. Encore moins pour vous rejoindre ce soir. Si tu veux passer la nuit avec lui, fais-le. Ne feins pas de préparer la chambre d'amis comme si tu venais de ramasser un chien errant sur la route et lui construisais une niche avec trois bouts de bois. Tu as dû tout préméditer. Tout sauf la manière dont j'allais réagir. C'est ça, l'inconnu. Est-ce la raison pour laquelle tu l'as fait ? Parce que j'accepte tout sans rien dire depuis des mois, des années, depuis le début ? Il fallait passer à l'étape supérieure ? Bravo, c'est fait ! Et regarde-moi. Je ne crie pas. Je ne pleure pas.

Il lui semble qu'il s'est réveillé là, au volant de sa voiture, un sac posé sur le siège passager. Le garçon a passé la nuit dans la chambre d'amis, Christian dans le canapé, lui dans son lit. Il a peu dormi. Est parti sans bruit, le ventre vide. Il était prêt à sept heures. Un léger tremblement l'assaille alors qu'il met le contact, mais il le contient, comme il est jusqu'ici parvenu à tout absorber. Il a laissé un mot sur la table de la cuisine mais ne se souvient déjà plus de ce qu'il a écrit. Rien qui sonne comme un ultimatum ou une tirade de roman de gare, il l'espère. Peut-être appréhendait-il ces vacances en huis clos et est-il soulagé de pouvoir les fuir sans avoir à fournir d'explication. Ses certitudes se comptent sur les doigts d'une main. Il a faim et décide d'aller petit-déjeuner à quelques centaines de mètres de la maison, dans cet hôtel-restaurant qui fait face à la mer. Au loin il aperçoit le toit de chaume. Le serveur lui demande s'il est en vacances dans la région, Nicolas s'entend lui répondre oui et conçoit que ce n'est pas tout à fait un mensonge. Il est vacant.

Qu'a-t-il écrit sur ce mot ? Je pars quelques jours ; Je m'en vais ; Passe de bonnes vacances ? Pourquoi ne s'en souvient-il pas ? L'écran de son téléphone portable affiche le premier d'une longue série d'appels manqués. Il songe qu'il devrait l'éteindre, le jeter contre le mur ou à la mer. Tout plutôt que de lui répondre, pleurer avec lui ou laisser les mots monter jusqu'au vertige, la nausée, le silence.

Exceptionnellement elle accepte de répondre au téléphone, heureuse qu'il appelle, même de si bonne heure. Aucun pensionnaire n'échappe à la nouvelle. Rendez-vous compte ! Mon petit-fils me rend visite cet après-midi ! Il passe par la parfumerie du centre-ville pour lui acheter un flacon d'eau de Cologne. C'est pour offrir ? Oui, pour ma grand-mère, son péché mignon. La vendeuse minaude un sourire que Nicolas achète comptant. Emballerait-elle les joyaux de la couronne qu'elle n'y mettrait pas davantage de soin. Elle ajoute un autocollant en forme de cœur qu'il se serait d'ordinaire empressé de jeter dans la première poubelle venue. Vous saviez que l'eau de Cologne était jadis vendue comme un médicament ? Elle ignore que ce sont ses mots à elle qui lui font l'effet d'un baume, et il comprend qu'il est aussi difficile d'être un bon petit-fils qu'un homme heureux.

La maison de retraite n'est pas le mouroir qu'il a cru fuir pendant des années, mais une grande bâtisse blanche dont les façades percées de baies vitrées se prolongent en balcons, terrasses ou jardinets pour les plus chanceux vivant au rez-de-chaussée. La chambre de sa grand-mère est au premier étage. Il l'aperçoit depuis le parking visiteurs. Elle est trop occupée pour lui rendre son regard, elle fait ses mots croisés au soleil, sur une petite table en plastique. Elle est minuscule et amaigrie. À l'accueil, le personnel surjoue l'étonnement. Plus personne n'espérait sa visite depuis le temps ! Le traitement est mérité et il songe qu'il aurait peut-être dû acheter des fleurs ou des chocolats pour le personnel soignant. La prochaine fois, il saura.

Elle dit *mon petiot* et il ne sait comment la prendre dans ses bras. Ses joues se sont creusées, ses seins lourds ne sont plus, sa taille a fondu, elle flotte dans sa blouse à fleurs. Il lui en achètera une à sa taille la prochaine fois. Il laisse leurs corps absorber le vide et, le moment venu, pose délicatement son menton sur le sommet de son crâne. Depuis quand n'avait-il connu un réconfort si immense ? Étreindre cette vie tout entière, cette petite bonne-femme, rend la sienne un peu moins lourde. Il y a tant à gagner à embrasser un autre destin que le sien.

Les arbres imitent la mer et sèment des souvenirs de ressac. Nicolas marche avec sa grand-mère dans les allées du parc comme autrefois dans celles du cimetière. Mais sa vie à elle, c'est ici qu'on l'enterre, à petit feu, dans ce jardin gagné sur des terres agricoles, en lisière d'agglomération. Elle dit qu'elle s'y plaît bien. Le personnel est gentil. Sa maison ne lui manque pas, hormis le chant vespéral des tourterelles, leur danse sans cavalier, l'angélus parfois. Sa vie d'avant, elle évite d'y penser. Cette nostalgie est comme tant d'autres choses, un luxe qu'elle n'a jamais pu s'offrir, un loisir bourgeois, un privilège d'oisifs. Chaque jour de l'année, il a fallu se lever, traire les vaches avant la nuit tombée, recommencer. Pas de quoi vous rendre mélancolique. À part son mari, rien ne lui manque. Nicolas croyait son amour compté comme le reste et découvre une amoureuse éternelle. Elle lui demande soudain son âge, comme s'il avait grandi là, sous ses yeux, d'un coup. Trente-huit ans, déjà ? D'habitude elle ne lui pose pas de questions sur sa vie. Elle n'ose pas. Mais dans la tiédeur de cet après-midi volé sur l'ordinaire, elle s'aventure en terre inexplorée. Tu n'as jamais été avec une femme, toi ? Il éclate de rire. Il n'aurait décidément pas pu mieux occuper cette journée d'été qu'en la passant avec celle qu'il pensait ne jamais connaître. Tu veux vraiment savoir, Mamie ? Oui, ça l'intéresse, il est son petit-fils, son sang. Elle se souvient de ces deux hommes qui vivaient dans une petite ferme en retrait du village. Tout le monde savait. Ils ne faisaient de mal à personne, ils étaient travailleurs. Polis. Je me souviens, dit Nicolas, on les appelait les *vieux gars*, comme si cet amour-là leur avait volé leur jeunesse. Toi aussi tu dois te cacher, *mon petiot* ? Un orage miniature est passé dans ses yeux à l'idée que l'on puisse s'en prendre à son petit-fils parce qu'il est *comme ça*. Ça va, ne t'en fais pas. Il est sur le point d'ajouter quelque chose comme : Je suis heureux. Mais il ne voit plus aucune raison de mentir à sa grand-mère. Il a passé l'âge.

De retour dans la chambre, il lui tend le paquet et réalise que c'est le premier cadeau qu'il lui fait. À part quelques babioles lorsqu'il était enfant. Elle trouve l'emballage magnifique, ose à peine le toucher, gratte le cœur avec ses ongles (Ça, je garde !), étire l'instant, découvre enfin le flacon d'eau de Cologne, étouffe un sanglot en se jetant dans ses bras. Le temps l'a rendue coquette et sentimentale. L'aide-soignante lui confirmera que c'est souvent le cas chez leurs pensionnaires. Un jour il comprendra pourquoi. L'émotion de sa grand-mère le gagne mais il la contient, ne veut pas la laisser seule avec ses larmes, dans cette chambre qui lui rappelle un peu trop celle qu'il occupait lorsqu'il était étudiant. Je n'ai vraiment pas su te gâter ma pauvre Mamie. Pardonne-moi. Son chagrin s'arrête net. Comment peux-tu dire une chose pareille ? Tu étais *mon petiot* et tu le restes, ne dis pas de bêtises. Je la porterai tous les jours, ton eau de Cologne, et tous les jours je penserai à toi, comme je l'ai toujours fait. Il la serre plus fort encore. Dis-moi si tu as besoin de quelque chose, je te l'apporterai la prochaine fois. Elle dit qu'elle n'a besoin de rien sinon la certitude qu'il reviendra bientôt. Il promet. Lorsqu'il repasse devant l'accueil, elles sont quatre pour lui dire à quel point elle l'attendait, sa visite. Cette fois il ne peut contenir ses larmes, sa honte, ses remords. Elle nous enterrera tous, ne vous en faites pas monsieur ! Il ne l'a jamais autant souhaité.

Il efface les messages sans en prendre connaissance. Que peut-il bien avoir à lui dire ? Qu'il est désolé, perdu, inquiet ? Il écoute celui laissé par sa mère. Où es-tu ? Christian te cherche partout. Rappelle-nous ! Il n'a pas téléphoné à ses parents pour être rassuré mais pour renvoyer Nicolas à son statut de petit garçon fugueur qu'il faut ramener à la raison. À la maison. Et ils ne demandent qu'à être manipulés. Christian les impressionne. Il les tient en respect avec ses belles paroles et son grand appartement. Dès la première rencontre, il a su leur parler, leur plaire, les amadouer. C'est lui qui a décidé de la manière dont il fallait leur dire. Ils avaient compris depuis longtemps, il suffisait de les aider à mettre des mots, imaginer un décor, la vie qui allait avec. Nicolas n'a été que le spectateur consentant d'une passation. En quittant la maison de ses parents après leur avoir présenté Christian (mais ne s'était-il pas présenté tout seul ?), il lui avait semblé tirer un trait sur son enfance tout entière. Rien ne serait plus jamais comme avant. Et c'est à lui qu'il le devait. À cet inespéré qui l'avait débarrassé du poids le plus lourd qu'il ait jamais porté, la peur de décevoir ce père et cette mère qu'il avait toujours sentis dépourvus, désarmés, prêts à se briser. En leur téléphonant aujourd'hui, Christian lui a rendu sa vulnérabilité comme on renvoie avec désinvolture un plat en cuisine. Nicolas lui en veut plus pour cette trahison que pour toutes les autres. À cet instant, c'est mort qu'il le préférerait.

Il en dit le moins possible à sa mère, trouve abri sous la pluie de banalités qu'elle attendait (léger surmenage, querelle d'amoureux, besoin d'air, rien de grave). Le fils prodigue va rentrer chez lui. La voilà rassurée. Il scelle la boîte de Pandore en mentionnant la visite à sa grand-mère. Sa mère est ravie. Elle devait être contente de te voir ! Ils avaient prévu d'y aller la semaine prochaine, mais puisqu'il en sort, ils vont pouvoir décaler un peu. Tout est bien.

Il a raccroché sans préciser qu'il était encore sur le parking de la maison de retraite. Elle lui aurait proposé de venir, dîner, dormir. Il n'a plus rien à dire pour l'instant. L'idée de passer la soirée dans le grand appartement ne le séduit pas davantage. Sans doute n'a-t-il jamais autant été celui de Christian, cet appartement. Il a envie de rester ici, dans cette campagne. Celle de son enfance. Au pire il dormira dans sa voiture, se ment-il. Bien sûr il n'a jamais fait une chose pareille. Il y a tant de choses qu'il n'a pas osées. Il prend la route de Notre-Dame-d'Estrées. L'après-midi s'éteint sur le vallon, la chapelle et son promontoire, cette terre détrempée, vert tendre. Il pense aux images animées qu'il collectionnait quand il était gamin, comme si la perfection de ce paysage ne pouvait exister qu'au passé. Un souvenir diffus endimanché dans une mémoire complaisante. Il gare la voiture sur le bord de la route, non loin du hameau où il a aperçu l'enseigne d'une maison d'hôtes. C'est la pleine saison mais il va quand même tenter sa chance. Il aimerait bien que l'on se mette un peu de son côté. Le réceptionniste lui propose un bungalow, la dernière chambre disponible. C'est pour deux personnes normalement, il y sera très bien. Il s'entend demander combien de nuits elle est libre et règle d'avance pour trois. C'est un début. Ce n'est pas tout à fait l'aventure, mais il n'a cherché l'approbation de personne, ne s'est pas demandé si c'était une bonne idée. C'est la sienne. C'est déjà beaucoup. Dînera-t-il avec les autres hôtes ? Oui, avec plaisir. Alors rendez-vous à vingt heures dans le petit salon.

La chambre l'attend dans une lumière jaune safran. Christian aurait détesté. Rien ne repose le regard. Le motif du papier peint avale la pièce. Il y a des bibelots partout, des cadres, des miroirs, de petits meubles auxquels on serait bien incapable de prêter une fonction. Le genre d'endroit dont on fait deux fois le tour avant de le quitter, tant tout s'y noie : clés, portefeuille, livres, souvenirs. C'est le bain d'oubli dont il avait besoin. Il pose son sac au pied du lit, écarte les coussins, s'étend et s'endort dans l'instant.

Les pierres glissantes sont minuscules. Il manque de tomber dans l'eau à chaque pas, peine à trouver l'équilibre, se tient aux branches comme il peut. Le courant charrie des figurines et des jouets en plastique qui filent entre les pierres comme des poissons rouges. La haie a poussé et des fils barbelés lui barrent le passage. Il déchire ses vêtements, s'accroche aux hautes herbes, se hisse. Il a les mains couvertes de griffures et de terre. Le bâtiment au toit de tôle n'est plus très loin. Il ne le reconnaît pas tout à fait, l'escalier extérieur a disparu, il y a une échelle posée le long du mur. La fenêtre semble s'éloigner à mesure qu'il grimpe, les marches se dérobent sous ses pieds, il ne va jamais y arriver. Et puis l'échelle se stabilise. Une voix lui crie de continuer. Il n'est plus très loin. Il reconnaît Marc en contrebas. Il porte son short en *jean,* ses baskets en toile, il sourit, lui fait signe de grimper. La fenêtre est à portée de main maintenant. Ses yeux s'habituent peu à peu à l'obscurité. Le grenier est vide. Il se retourne. Je ne vois rien ! Regarde encore, Nico ! Il y a un lit au milieu de la pièce, deux hommes enlacés. Christian lui fait signe d'approcher. L'échelle bascule. Il tombe et heurte le chevet. L'écran de son téléphone portable affiche 20:15 et cinq appels en absence. Il a dormi deux heures et perdu quatorze ans de sa vie.

2020

Nicolas a cinquante-quatre ans et c'est elle qu'il voit chaque matin dans le miroir de la salle de bains. Elle avait le même âge lorsque son grand-père est mort. Le petit garçon ne vient plus le voir. Seules restent quelques images brassées par la mélancolie. L'été est devenu cette saison sans autre objet que son souvenir. Un jour il cessera de se retourner, lorsque tout sera trop vertigineux. Lorsque sa mémoire n'aura plus rien à lui apprendre. N'éclairera plus rien.

Il n'a pas vendu la maison de ses parents mais n'y est pas retourné depuis l'enterrement de sa mère en octobre dernier. Ils sont partis à quelques mois d'intervalle et il n'est parvenu à pleurer ni l'un ni l'autre. Il fait comme s'ils étaient toujours là, dans cette maison qu'il n'a pas pu vider et qui doit sentir l'humidité et le renfermé. Il s'est promis d'y aller en août. Il fera du ménage et du tri. Peut-être pleurera-t-il enfin et sera-t-il prêt à appeler une agence immobilière. Il gardera la commode de l'entrée, quelques bibelots, vendra ou donnera le reste. Et d'autres enfants iront jouer au bord de la rivière le mercredi après-midi. Ou leurs parents installeront un grillage, une haie, une barrière. Parce qu'ils appréhenderont ces quelques centimètres d'eau, ces pierres glissantes, ce barbelé en contrebas. Ils mettront des mots sur ce danger que personne n'avait voulu voir jusqu'ici.

Marc était là à l'enterrement. Il l'a pris dans ses bras comme s'il étreignait une dernière fois ses douze ans, ses morts, ses amours perdues. Et, pour la première fois, un frère. Marc veillait sur eux sans bruit depuis qu'il était revenu vivre dans la maison de ses parents avec sa femme et ses deux enfants. C'est lui qui l'a appelé quand sa mère est tombée dans le jardin. Il s'en voulait de ne pas savoir depuis quand elle était étendue là, sous son fil à linge, le visage tuméfié et la mâchoire démise. Nicolas a pris rendez-vous pendant qu'elle était à l'hôpital. Le personnel avait changé, le nom aussi. Tout avait changé à part le moment, les odeurs et quelques certitudes à apprivoiser. Les jours où elle s'est installée, elle a voulu chasser la culpabilité qu'elle lisait dans les yeux de son fils en lui disant qu'elle était contente. Elle serait bien là. On allait enfin en finir. Il lui en a voulu de renoncer si vite alors qu'elle avait abdiqué depuis longtemps déjà.

Il vit seul dans la maison de la plage. Christian passe souvent le voir, appelle toujours avant, frappe ou sonne, un paquet à la main, une pâtisserie, des fleurs, un livre. Il aura passé quatorze ans à le tromper et seize à essayer de se faire pardonner. Prétend qu'il n'a jamais aimé que lui et n'aimera plus jamais personne d'autre. Prend un air solennel, contrit de cocker. Il vieillit. Mais ils ne vieilliront pas ensemble. Ceux que l'on croit aimer le mieux sont ceux que l'on a perdus.

Christian vient le voir le dernier week-end de juillet, avant de s'envoler pour une de ces destinations qui ne le font même plus rêver. Cet été, un *resort* flambant neuf en Asie du Sud-Est. Il part pour Roissy dimanche matin très tôt et vient dîner le vendredi soir. Il apporte du champagne même s'il n'y a rien à fêter et ressasse comme chaque fois qu'il boit trop. Pleure cette vie qui n'en finit plus de lui glisser entre les doigts, la retraite imminente qui le terrifie, l'appartement devenu trop grand. Nicolas l'écoute mais ne le plaint jamais. Il est exactement là où sa vie devait le mener. Ce qu'ils sont devenus l'un pour l'autre leur appartient. Deux vieux amants, une famille, une gageure, peu importe. Nicolas n'a jamais cessé de voir en Christian son allié, ce repère même fluctuant, défaillant souvent. Il lui semble qu'ils s'aimeraient moins aujourd'hui s'ils avaient passé ces trente années ensemble. Ce soir, il ne le laisse pas repartir, prépare la chambre d'amis, puis le laisse finalement dormir avec lui, la main dans la sienne. Qui d'autre a-t-il su aimer quand il en était encore temps ?

Il reste de longues minutes dans le silence de l'habitacle, ceinture encore bouclée, moteur à l'arrêt, musique coupée. Il se demande quand il a cessé de se sentir chez lui dans cette maison qui désormais lui appartient. Le jardin est envahi de mauvaises herbes. Un morceau de crépi s'est détaché de la façade. Il voudrait en avoir déjà terminé. Quels souvenirs a-t-il laissés là, prêts à l'assaillir, dans ce parfum d'abandon qu'il a savamment orchestré ? Il prend un masque chirurgical dans la boîte à gants, regrette de ne pas avoir eu le courage de venir vider le frigo après l'inhumation ou envoyé les clés à Marc qui s'était proposé de le faire. Il prend une profonde inspiration avant d'introduire la clé dans la serrure et renonce finalement à enfiler le masque. Si la maison est une puanteur, c'est sa faute après tout. Son choix si personne n'est à ses côtés. Christian a voulu l'aider, quelques collègues aussi. Marc lui a suggéré d'attendre son retour de vacances. Tu n'as pas à faire ça tout seul, Nico ! Mais c'est la dernière fois qu'il sera un fils. L'enfant de cette maison. C'est bien à lui seul de pousser cette porte et d'affronter tout ce qu'il a laissé s'entasser là depuis dix mois. Un an bientôt. Il n'est pas là pour se punir. Il vient implorer un pardon qu'il est le premier à ne pas s'accorder.

L'air est vicié mais familier. Doux-amer. Nicolas traverse le salon, ouvre les rideaux, les fenêtres, les volets, jette un premier regard sur les choses, les meubles, les dernières traces de vie. La brise soulève à peine les pages d'un magazine laissé sur la table de la salle à manger. La cuisine est rangée, le lave-vaisselle vidé, le réfrigérateur propre et débranché. Sa mère n'a rien laissé traîner. A-t-elle envisagé ce moment où son fils reviendrait pour la première fois ? S'est-elle juré d'être une morte honorable ? Il fallait qu'il soit fier d'elle, de son ménage, son rangement. Si elle était partie avant son père, Nicolas aurait dû enfiler son masque à peine le seuil franchi, l'évier aurait été encombré de vaisselle moisie, le frigo aurait été bon à mettre à la décharge, la poubelle pleine. Ses derniers jours dans sa maison, elle les a consacrés à effacer ses empreintes, comme d'une scène de crime. Elle a pensé à lui. Prémédité la vie sans elle. Lui n'y est toujours pas parvenu, dix mois après son enterrement. Partout où il va, il charrie ses morts. Il lui faut maintenant affronter le vide de leur absence à elle et son père.

Ils sont assis dans chaque fauteuil, sur la moindre chaise, le plus petit tabouret. Même dans sa chambre, Nicolas les trouve sur le lit. Tous les draps ont été lavés et repassés, les couvertures pliées, le lavabo et la baignoire récurés. Elle a épinglé son orgueil sur tous les murs, sur chaque meuble, les quelques objets. Il pensait rester deux semaines, une seule suffira. Elle lui a épargné le pire, s'est dit qu'il voudrait y passer le moins de temps possible. Et Nicolas se demande si elle avait prévu de passer sa vie ici, ne rien faire d'autre qu'habiter ces murs, les entretenir, les tenir. Jusqu'à la fin de ses jours. Il n'est plus si sûr de savoir ce qu'il est venu faire dans cette maison : la vider avant de la mettre en vente ou passer ses dernières vacances près de la rivière et des pierres glissantes.

Au supermarché, il a acheté de quoi remplir le frigo et vider les armoires. Il commencera demain. Pressent que la douleur s'installe enfin. Elle va bientôt faire son nid, se glisser dans le moindre tiroir, s'accrocher aux porte-manteaux, rebondir sur une boîte, un coffre, un chevet. Elle en a mis du temps. Une fois qu'elle aura trouvé ses marques, combien de semaines, de mois, d'années faudra-t-il vivre avec elle ? Il ouvre une bouteille de vin et s'installe sur la terrasse. La pelouse a besoin d'être tondue, les pieds de haies débroussaillés, le grillage retendu par endroits. Mais il n'y a plus personne à qui tendre les outils. Personne de qui attendre un conseil, un encouragement ou un reproche. Personne à craindre ou à satisfaire.

Il se réveille dans le canapé, encore habillé et emmitouflé dans un vieux manteau de son père. Il pensait ne pas fermer l'œil de la nuit, mais le vin a fait son œuvre. La bouteille à moitié vide trône encore sur la table du jardin. Il a faim, songe que le plus dur est derrière lui, la première nuit dans cette maison que plus rien n'habite. Même s'il n'a pas pu monter dormir dans *sa* chambre. Il prépare du café et fait toaster d'épaisses tranches de brioche industrielle, la même que celle que sa mère achetait. Un écœurant parfum de sucre et de vanille torréfiée envahit la pièce. Cette odeur le faisait jadis bondir de son lit et dévaler les escaliers. Sa mère l'attendait dans la cuisine. À croire qu'elle passait sa nuit là, ne dormait jamais. Il ne l'a vue couchée qu'une fois. C'était à l'hôpital, après sa chute dans le jardin. Elle était toujours la première levée, postée derrière son évier, à la lisière de sa vie. Entre ces murs, on n'a jamais rien su bâtir d'autre que de l'habitude et du prévisible. Jamais connu autre chose que la mesure et la retenue. Et cette mère sans besoins était la vigie de ces journées percluses.

Nicolas décide de commencer par l'étage. D'abord la chambre de ses parents, ensuite la *sienne*. Après, il n'empruntera plus l'escalier. Il n'a aucune envie de dormir là-haut. Il préfère le canapé. Il a prévu de grands sacs poubelle pour les vêtements. Ce sera rapide. Sa mère avait fait un premier tri après la mort de son père. Ne reste que ce qu'elle n'a pu se résoudre à donner : le manteau qui a servi de couverture à Nicolas cette nuit, deux pantalons, des gilets, quelques chemises et tricots de peau, un chapeau qu'il ne lui connaissait pas, des sous-vêtements qu'elle a étrangement gardés. Pas de cravates. On a enterré son père dans son plus beau costume. Le seul, en vérité. Lors de la mise en bière, il avait fallu froncer le tissu et mettre des épingles partout, tant le corps avait fondu dans son armure. Son côté de l'armoire, sa mère l'a vidé avant de partir pour la maison de retraite, ne restent que quelques mouchoirs brodés, des draps, de vieilles combinaisons en tergal, un sachet de lavande, de l'antimite. Le tout remplit à peine deux sacs poubelle et un carton de cintres. Ça va presque trop vite. Nicolas s'assoit sur le lit, fixe son visage dans le miroir de l'armoire, fait grincer les portes sur leur axe, disparaître puis réapparaître son reflet. Une fois, deux fois, dix fois. Si sa mère était là, elle lui dirait d'arrêter ses bêtises. À ton âge ! Il ouvre en grand une dernière fois. Reste à inspecter ce petit tiroir fixé sous l'étagère, puis il passera aux chevets et à la commode.

La serrure est grippée. Nicolas tire sur la poignée un peu trop brusquement et tout lui reste dans les mains : clé et façade du tiroir. Un papier tombe à ses pieds, qui a dû échapper au grand ménage de sa mère. Ou l'avait-elle remisée là et oubliée, cette enveloppe blanche à liseré noir ? À l'intérieur il ne trouve qu'une photo et, accroché à l'aide d'un trombone, un sachet en plastique contenant ce qui ressemble à une minuscule mèche de cheveux. Il retourne l'image. Un prénom. Deux dates. Et, déjà, l'encre qui se délave. Dans le miroir, il fixe son reflet maintenant déformé par les larmes et tente d'y retrouver les traits de cette sœur née le 3 mars 1964 et morte un mois plus tard. Cette sœur que leur mère n'a jamais cessé de pleurer, le matin dans sa cuisine, l'après-midi dans les bras de Doris. Ce n'était pas l'ennui, le quatrième membre de cette famille. Mais Catherine. L'enfant éternelle. L'inconsolation.

Marc est là. Il a pris la route aussitôt. C'est à lui que Nicolas a envoyé ses mots désemparés ce matin. À lui seul. *J'ai besoin de toi.* Parce qu'il savait déjà. Oui, bien sûr, il savait. Doris avait craint que le secret parte avec elle et avait tout raconté à son fils. Maintenant, tu comprends pourquoi je ne voulais pas que tu sois tout seul. Je savais que tu allais trouver quelque chose. Des papiers ou une photo. Comment tu te sens ? Nicolas se sent comme un homme de cinquante-quatre ans qui vient de trouver, griffonné au dos d'une image jaunie, le mode d'emploi de son enfance, de cette famille qui a sous-traité le silence. Il fait signe à Marc de le prendre dans ses bras et ils s'enlacent sans peur que leurs corps ne se retrouvent.

Tout ce que ses parents ont prétendu économiser gît là et va finir dans un container, une poubelle, une brocante peut-être. Il ne restera que leur tombe grise et les choses qu'ils n'ont pas dites, qui étaient là, suspendues. Mais il semble à Nicolas que, bientôt, la lumière entrera à nouveau dans cette maison dont personne ne lui avait dit à quel point elle était le mausolée d'une vie qui n'a pas éclos, d'une famille qui n'a pas eu lieu. La promesse d'une éclaircie. Et puis, un jour, d'une accalmie. Pour l'instant, il desserre son étreinte, leurs visages s'effleurent encore. Comment se fait-il que tu saches ce que mes parents m'ont caché toute leur vie ?

Le jour s'est retiré. La pièce s'est laissé engloutir par l'obscurité et eux avec. Ni l'un ni l'autre ne s'est levé pour allumer. La nuit leur convient. Marc a éclairé un demi-siècle de silence. Nicolas est allongé sur le canapé. Là où il a dormi cette nuit et s'est blotti des soirées entières contre les secrets de ses parents. Là d'où tout lui semble différent à présent.

Les parents de Marc se sont installés dans la maison d'à côté quelques semaines après la mort subite de Catherine. Doris était alors enceinte de Marc. C'est elle qui avait voulu quitter la ville pour élever son fils au grand air, comme elle avait elle-même grandi au pied du ballon d'Alsace. Elle aimait lire, jardiner, cuisiner, ne rien faire à l'occasion, et ne craignait pas la solitude. Et puis elle avait son cocker, qu'elle aimait plus que tout. Quand elle raconta toute l'histoire à Marc, elle lui confia qu'elle avait eu très mauvaise conscience à l'époque. D'un côté de la haie, elle était cette femme dans la plénitude de sa grossesse. Tout se passait bien.

C'est elle qui avait trouvé la maison, elle adorait cet endroit, le calme, le cours d'eau en bas du jardin. Elle attendait son enfant et rien n'était plus important. De l'autre côté, il y avait la tristesse de cette femme, sa voisine. Elle la voyait assise des heures dans son jardin, scrutant le vide dans sa robe de chambre défraîchie. Elle la sentait sous la double emprise d'un malheur qui la terrassait et d'un mari qui, dès qu'elle croisait son regard, maugréait un vague salut puis détournait la tête. Le rustre aurait volontiers érigé une muraille à la place de la haie qui délimitait – pas assez à son goût – les deux jardins.

Doris avait fini par se persuader que le voisin frappait sa femme. Un matin, elle attendit que les deux maris soient partis travailler et alla frapper à la porte. Elle pensait affronter le mutisme et le déni. Ce fut tout le contraire. Évelyne attendait qu'on la délivre. Son mari et elle vivaient enchaînés dans la douleur et passaient leurs soirées prostrés dans le canapé, une mèche de cheveux entre les mains. Doris cacha son ventre comme elle put, prenant soudain conscience qu'il incarnait tout ce que cette femme avait perdu. Évelyne n'oublia jamais ce geste. Et malgré tout ce qui les séparait, les deux femmes devinrent amies.

Bien après la naissance des deux garçons – ils devaient avoir sept et huit ans –, Doris fit promettre à son amie qu'un jour elle parlerait de Catherine à

Nicolas. Quand le moment serait venu pour elle. Quand elle saurait trouver les mots. Cette enfant perdue, c'était sa sœur et, d'une façon ou d'une autre, le poids de sa mort pesait sur lui aussi. Lorsqu'il serait en âge d'entendre l'histoire de sa famille – de toute sa famille –, Évelyne devrait lui raconter l'enfant aussitôt retirée. Les jours noirs et les cris blancs, puis le silence qui avait fini par tout recouvrir comme d'un volcan les cendres. La certitude d'avoir mal agi, mal fait, trop tard. Le deuil d'abord impossible puis combattu à armes égales. Évelyne de nouveau enceinte. Un an plus tard. Un garçon. Lui. Et elle de nouveau une mère. Inquiète, terrorisée, coupable encore. Mais une mère. Et Thierry, son père, un jour peut-être. Cela prendrait du temps.

Une vie n'y a pas suffi. Évelyne n'a jamais trouvé la force et, souvent, se persuadait que son fils savait. C'était ça une famille, faire siens les deuils préalables, les porter à bout de bras comme un cercueil que l'on n'en finirait plus de mettre en terre et qui, chaque matin, serait là, déposé sur le seuil, au milieu de la chambre ou du salon. Insubmersible. Mais comme cette photo et cette mèche de cheveux dans leur tiroir, Évelyne avait tout enseveli. Alors, peu avant de mourir, Doris avait brisé le silence pour elle.

Marc est sorti dans le jardin pour appeler sa femme et ses enfants, restés en vacances sans lui. Dans la cuisine, Nicolas prépare à dîner. Il n'a pas très faim mais grignotera pour accompagner son ami. Il profite de son absence pour prendre quatre assiettes dans le placard et les disposer sur la table. Réunit cette famille orpheline d'elle-même autour d'un repas qui n'aura jamais lieu. Revoit son père qui, chaque soir, rentrait du travail pour trouver une table mise – des endives au jambon, un gratin de pâtes, un plat en sauce –, mais jamais pour le bon nombre de convives. Pense à sa grand-mère qui jamais n'a trahi son fils et sa belle-fille, la manière dont ils avaient choisi d'affronter le chagrin, de le laisser à la porte, à côté du cercueil qu'ils retrouvaient intact chaque lendemain matin. Songe qu'il est si simple de passer à côté de sa vie.

Marc trouve son ami assis face à quatre assiettes vides. Tu veux que je vous laisse en famille ? Il le dit sans ironie.

Nicolas attrape une cinquième assiette dans le placard et la pose sur la table. *Nous t'attendions.*

Composition et mise en pages
Nord Compo à Villeneuve-d'Ascq

Impression : CPI Bussière en février 2025
Dépôt légal : avril 2025
N° d'édition : 2706 – N° d'impression : 2083133
Imprimé en France